*À ma mère*

Aux termes du Code de la propriété intellectuelle, toute reproduction ou représentation intégrale ou partielle de la présente publication, faite par quelque procédé que ce soit (reprographie, microfilmage, scannérisation, numérisation...) sans le consentement de l'auteur ou de ses ayants droit ou ayants cause est illicite et constitue une contrefaçon sanctionnée par les articles L.335-2 et suivants du Code de la propriété intellectuelle.
L'autorisation d'effectuer des reproductions par reprographie doit être obtenue auprès du Centre Français d'exploitation du droit de Copie (CFC) – 20, rue des Grands-Augustins – 75006 PARIS - Tél. : 01 44 07 47 70 – Fax : 01 46 34 67 19.

### © Éditions Magnard, 1996 - Paris

Tous droits de reproduction, de traduction et d'adaptation réservés pour tous pays.
Loi n° 49-956 du 16-07-1949 sur les publications destinées à la jeunesse.

Imprimé par Vincenzo Bona - Torino (Italie) N° d'Editeur 98/067 - Dépôt légal Février 1998

*À ma mère*

Aux termes du Code de la propriété intellectuelle, toute reproduction ou représentation intégrale ou partielle de la présente publication, faite par quelque procédé que ce soit (reprographie, microfilmage, scannérisation, numérisation…) sans le consentement de l'auteur ou de ses ayants droit ou ayants cause est illicite et constitue une contrefaçon sanctionnée par les articles L.335-2 et suivants du Code de la propriété intellectuelle.
L'autorisation d'effectuer des reproductions par reprographie doit être obtenue auprès du Centre Français d'exploitation du droit de Copie (CFC) – 20, rue des Grands-Augustins – 75006 PARIS – Tél. : 01 44 07 47 70 – Fax : 01 46 34 67 19.

### © Éditions Magnard, 1996 - Paris

Tous droits de reproduction, de traduction et d'adaptation réservés pour tous pays.
Loi n° 49-956 du 16-07-1949 sur les publications destinées à la jeunesse.

Imprimé par Vincenzo Bona - Torino (Italie) N° d'Editeur 98/067 - Dépôt légal Février 1998

# Le grimoire d'Arkandias

Éric Boisset

Illustrations de couverture
et d'intérieur :
Michel Crespin

MAGNARD *JEUNESSE*

# 1
# Une visite à la bibliothèque

THÉOPHILE versa un trait de lait froid sur ses flocons de blé soufflé et attendit qu'ils gonflent. Comme son livre l'embarrassait, il le cala contre le pot de miel, bloqua la page avec un couteau et se servit un grand verre de jus de mûres, sans interrompre sa lecture ni tâcher la nappe, ce qui prouvait une grande habitude de ce genre d'acrobaties. Théophile aimait beaucoup lire. C'était mieux que la télévision, où on vous montre tout sans rien vous laisser imaginer. Il lisait le soir avant de s'endormir, et le matin en se réveillant. Il traînait son livre partout avec lui, l'emmenait à la salle de bain et le posait derrière le robinet pendant qu'il se débarbouillait la figure et se brossait les dents. Ensuite, il le descendait à la cuisine et continuait sa lecture en prenant son petit déjeuner. Marie, sa mère, partait travailler tôt le matin. Mais elle n'oubliait jamais de laisser pour lui sur la table un petit mot agrémenté d'un dessin. Il parcourait le petit mot, et admirait le dessin, qui représentait le plus souvent un éléphant aux grandes oreilles, ou une petite mouette, ou l'énigmatique canard Jeannot. Puis il calait son livre contre la boîte à sucre ou le pot de confiture et plongeait dans la Jungle de Mowgli ou la campagne de Delphine et Marinette. Il mâchait ses céréales chocolatées en pouffant à cause des facéties des singes, ou en soupirant avec tristesse lorsque la panthère aux yeux d'or mourait dans la neige, sous un ciel gris de nuages.

Cette histoire de la panthère perdue dans la campagne était l'une des plus tristes qui soit. Dire que quelques couvertures et un bouillon de boeuf eussent suffi à la sauver ! Delphine et Marinette manquaient tout simplement de sens pratique. S'il avait été là, lui, Théophile, il eut roulé la panthère dans une couverture, et avec l'aide des bœufs, il l'eut traînée jusqu'à l'étable, où il fait toujours chaud à cause des vaches. Avec un peu de saucisson et de jambon, quelques tisanes et des inhalations d'eucalyptus, la panthère se serait rétablie en moins d'un mois. Après quoi, elle aurait promené Théophile sur son dos dans la campagne, et même peut-être à l'école pendant la récréation. La tête des copains !

Théophile ferma son livre et alla poser son bol dans l'évier. Il n'aimait pas beaucoup essuyer la table, à cause de l'éponge qui était toujours pleine de mousse un peu grasse et qu'il fallait presser sous un filet d'eau tiède. Mais pour faire plaisir à sa mère, il était capable de grands sacrifices. Il pressa donc l'éponge sous le robinet, en réprimant de petits frissons. Quand elle eut dégorgé toute sa mousse, il donna un coup à la table. La pendule marquait neuf heures vingt-quatre, et on était mercredi, jour de liberté, jour de bibliothèque ! Il monta s'habiller en hâte, passa rapidement son pantalon de la veille et un tee-shirt propre à l'effigie de la Fraise Masquée, courut à la salle de bain, se tira la langue à lui-même dans la glace et ébouriffa avec du gel ses cheveux blonds cendrés. Il avait une allure magnifique avec son étroit visage doré, sa bouche fraîche et bien dessinée, et ce tee-shirt qui était du même brun sombre que ses yeux. Mais il était trop petit pour y accorder de l'importance : il n'avait que douze ans. Il prit sa carte de bibliothèque dans le tiroir de sa table de nuit et la glissa dans la poche arrière de son jean. Puis il dégringola l'escalier, prit son blouson et son petit sac à dos de cuir noir au portemanteau, et sortit dans la rue.

Il remonta le boulevard Paul Cézanne et s'engagea sous la galerie qui longeait le jardin Sainte Clothilde. Cet endroit lui plaisait beaucoup et il y venait souvent avec son ami Bonaventure, pour faire du roller. Les allées du jardin étaient enduites d'un asphalte très lisse et très noir, admirablement onctueux sous les roues des patins. Quand on tombait sur ce revêtement de rêve on se brûlait un peu, mais sans s'écorcher. De plus, grâce à un petit tremplin naturel placé par la providence au bas d'une pente, on pouvait sauter par-dessus les bancs en poussant des cris terribles et retomber au milieu des pigeons, qui s'envolaient avec fracas et

## Une visite à la bibliothèque

ne manquaient jamais de lâcher au passage une nappe de fientes sur la cabane du marchand de frites. Une fois, le marchand avait poursuivi Théophile et son ami Bonaventure sur une centaine de mètres, et ça avait été drôle de voir ce gros bonhomme trottiner poussivement en mâchonnant son cigare. Ils en avaient beaucoup ri tout le reste de l'après-midi. Mais si le marchand de frites n'était pas dangereux, il fallait en revanche se méfier du garde, un borgne maigre et sournois coiffé d'un képi. Ce faux policier avait développé un sixième sens pour suppléer à son œil manquant, et il repérait les patineurs à cent mètres à la ronde. Il s'approchait d'eux en tapinois sous les buissons, et il les guettait longuement, dardant sur eux son œil unique, et frémissant des reins et des épaules comme un fauve qui médite son attaque. Puis tout à coup il perçait les broussailles : trois pas, un bond, et c'en était fait du contrevenant ! Car il ne fumait pas le cigare, lui. Et il n'était pas alourdi par les nourritures grasses.

Théophile s'arrêta un moment devant la fontaine pour regarder les moineaux s'ébattre dans le poudroiement des jets d'eau. Ces petits étourdis se posaient à tour de rôle sur la conque moussue, regardaient de tous côtés avec inquiétude, puis piochaient une goutte d'eau et levaient le bec en se rengorgeant avant de prendre leur essor vers les tilleuls aux tendres feuilles fripées. Ce spectacle amusa Théophile qui trouvait mignons les becs des petits volatiles. Mais comme la cloche de Sainte Madeleine sonnait dix heures, il pressa le pas.

Théophile connaissait tout le monde à la bibliothèque. Il salua madame Benedetti et lui donna ses livres de la semaine dernière ainsi que sa carte de lecteur. Madame Benedetti passa l'un après l'autre les livres devant un rayon rouge et on entendit une suite de petits bip, comme à la caisse du super-marché. Puis elle bipa la carte de Théophile et lui signala qu'il avait un ouvrage en retard depuis une semaine, et qu'il lui faudrait le rendre le plus tôt possible, sous peine d'amende. Théophile prit un air ennuyé. Ce gros livre, c'était le Comte de Monte-Cristo. Il l'avait prêté à Bonaventure voici trois semaines, mais son ami n'aimait guère lire. Il préférait sauter par-dessus les bancs du parc ou exterminer des pizzas volantes radioactives sur son ordinateur.

— Elle sera de combien, l'amende, si je ne le rends que mercredi prochain ?

— Deux francs. Mais je peux te le prolonger si tu veux. Comme ça, tu n'auras pas d'amende du tout.

— D'accord, fit Théophile. Je veux bien.

Madame Benedetti tapa quelques mots sur le clavier de son ordinateur, et lui rendit sa carte en disant :

— Voilà, c'est fait. Bonne journée, Théophile.

Théophile monta directement au premier étage, où se trouvaient les livres pour adultes. Il n'aimait pas beaucoup la littérature enfantine du rez-de-chaussée, ses enfants sages, ses confitures et ses bons sentiments. Il lui fallait des textes vifs, des histoires fortes et de l'action, comme dans les Trois Mousquetaires ou Arthur Gordon Pym. Il marcha entre les rayons en faisant glisser son regard sur les tranches des livres, et enfin, à la lettre A, il trouva ce qu'il cherchait : les ouvrages de Marcel Aymé. Il avait découvert ce monsieur au rez-de-chaussée, avec les contes du chat perché et la pathétique histoire de la panthère aux yeux d'or, et tout de suite il était tombé sous le charme de son écriture. Celui-là, oui, il savait y faire avec les mots. C'était simple, et on voyait clairement chaque personnage, chaque animal, chaque chose, comme à travers une vitre toute propre. Et en plus c'était drôle, dès lors qu'il ne s'agissait plus de neige ni de panthère ! La petite poule blanche par exemple, était hilarante avec son mauvais caractère. Et le cheval ? Et le cochon ? Comme Théophile s'agenouillait en penchant la tête pour lire les titres sur la tranche des livres, son genou heurta un gros ouvrage posé sur le sol. Il pensa que ce gros volume était tombé d'une tablette et il le prit pour le remettre à sa place. Mais aucun emplacement vide n'était assez large pour le recevoir. Et d'ailleurs le volume était si haut qu'il n'aurait pas pu entrer debout sur un rayon. D'où venait donc ce gros livre ? Il l'examina avec attention. La couverture était de cuir brun, et portait en lettres dorées ce titre attirant :

*Leçons pratiques de Magie rouge.*

Théophile savait ce qu'était la magie blanche dont usent les illusionnistes pour changer la

# UNE VISITE À LA BIBLIOTHÈQUE

couleur d'un foulard ou tirer un lapin d'un chapeau. Il avait également lu un certain nombre de romans où il était question de magie noire, de sorciers et de démons. Ces fariboles ne lui faisaient pas peur du tout, dès lors qu'il ne les lisait pas seul le soir avant de se coucher. Mais la magie rouge, il en ignorait tout ! Il alla s'installer à une table, ouvrit le gros livre à couverture de cuir et s'absorba dans sa lecture.

Deux heures passèrent. Théophile avait eu un peu de mal à entrer dans le grimoire, mais à présent il y était englouti corps et âme. Une désagréable sonnette le tira de sa lecture. Il était midi et la bibliothèque s'apprêtait à fermer. Il se présenta donc au point de prêt avec son gros livre, et eut la surprise d'entendre madame Benedetti lui dire :

— Tu ne peux pas emprunter ce livre, Théophile. Regarde ce qui est inscrit sur la couverture *Consultation sur place*. Ça signifie que tu peux le lire ici, mais pas l'emporter chez toi. Tu comprends ?

Évidemment qu'il comprenait, il n'était pas

demeuré, tout de même. Il se gratta la tête, racla sa gorge et bredouilla :

— C'est que... J'aimerais beaucoup le finir... Il m'intéresse...

— Reviens cet après-midi et finis-le en salle de consultation. Je te le garde dans mon tiroir, si tu veux.

— D'accord, fit Théophile. À tout à l'heure, madame Benedetti.

Il rentra chez lui au pas de course, mit la table et posa sur la plaque de la cuisinière électrique une grande casserole d'eau salée. Le mercredi à midi, traditionnellement, il faisait des pâtes pour Marie qui rentrait lui tenir compagnie et manger en tête-à-tête avec lui. Il n'avait pas son pareil pour cuire les tortellini, et il savait les assaisonner d'un peu d'ail, d'huile d'olive et de parmesan de Campanie. Marie en reprenait souvent deux fois de suite, après quoi elle mettait une sucrette dans son café, en demandant à Théophile de l'assommer avec le balai la prochaine fois qu'il la verrait se resservir de pâtes. Mais le petit garçon n'obéissait jamais à cet ordre saugrenu, parce qu'il aimait tendrement sa mère et qu'il la trouvait trop

## UNE VISITE À LA BIBLIOTHÈQUE

mince. Elle avait trente ans, un très beau sourire, de grands yeux noirs et des cheveux châtains qui tombaient en boucles sur ses épaules. Elle riait sans cesse, faisait des bulles avec les malabars et fumait parfois une cigarette devant Théophile en lui expliquant que fumer est une très vilaine manie.

Théophile mit le pot à eau sur la table et jeta un coup d'œil à la pendule : midi vingt ! Il décrocha le combiné du téléphone portable et composa un numéro. Après un instant, il lança d'une voix joyeuse :

— Bonav' ? C'est Théo. Tu fais quoi cet après-midi ?

Il écouta la réponse de Bonaventure, et reprit :

— J'ai trouvé un bouquin vraiment dingue à la bibliothèque. Je ne peux pas t'en dire plus maintenant, parce que ma mère va arriver d'une minute à l'autre. Mais rejoins-moi cet après-midi à la bibli et je te le montrerai. Tu n'en croiras pas tes yeux ! À tout à l'heure, Bonav'.

Il reposa le combiné sur son socle et alla vérifier l'eau des pâtes. Elle était pleine de très petites bulles mais ne bouillait toujours pas. Il eut un mouvement pour aller vers son sac à dos et y prendre un livre, mais il se souvint tout à coup qu'il n'avait pas eu le temps d'en emprunter de nouveaux à la bibliothèque, absorbé qu'il était par son grimoire de magie rouge. Il versa donc quelques pistaches dans une soucoupe et les grignota pour passer le temps.

Sa mère entra dans la maison en coup de vent dix minutes plus tard, les bras chargés d'un grand sac en papier plein de provisions. Elle avait pris un peu de retard chez l'épicier, et avait dû se garer assez loin de la maison à cause d'un embouteillage. Elle avait marché dix minutes en portant son gros sac et n'en pouvait plus. Elle se laissa tomber sur une chaise, et Théophile lui servit un grand verre de jus de mûre. Puis il alla jeter les pâtes en pluie dans l'eau frémissante, et on passa à table. Ils mangèrent de bon appétit leur moitié de melon, et Marie raconta que ce matin, rue de l'herberie, deux ouvriers avaient découvert une chapelle mérovingienne en piochant pour réparer les tuyaux du gaz.

— Si tu as un moment cet après-midi, va faire un tour là-bas avec ton ami Bonaventure. Les chantiers de fouille, c'est intéressant. Il y a des experts bien habillés qui viennent de très loin pour s'agenouiller dans la boue et y tremper leur barbe. Ils frottent des bouts d'os avec une brosse à dent, ils mettent des cailloux dans des sachets en plastic, ils collent dessus des étiquettes, et ils repartent, tout content. Crois-moi, c'est instructif.

— Cet après-midi, on va à la bibliothèque.
— Tu n'y es pas allé ce matin ?
— Si, mais je n'ai pas eu le temps d'emprunter de livre. Alors j'y retourne tout à l'heure, avec Bonaventure.

Il égoutta les pâtes et les disposa dans un plat, en y incorporant un filet d'huile parfumé d'une gousse d'ail écrasée. Il saupoudra le tout de parmesan de Campanie.

— Dieu que ça sent bon, fit sa mère en passant sur ses lèvres un preste petit coup de langue. Théophile, mon cœur, sors le balai et sois vigilant !

Bonaventure rejoignit Théophile à trois heures à la bibliothèque. Il erra un moment au rez-de-chaussée avant de gagner le premier étage où il trouva son ami assis les poings aux tempes devant un gros livre à couverture de cuir. Il prit place à côté de lui, intimidé par l'atmosphère studieuse de la salle de consultation. Théophile était si absorbé dans sa lecture qu'il ne remarqua pas sa présence. Bonaventure fouilla donc ses poches et en tira une poignée de petits œufs mauves, gélifiés et parfumés à la violette, qu'il jeta en pluie sur le grimoire ouvert. Théophile leva le nez de son livre et s'exclama :

— Bonav' ! Ça alors ! Que fais-tu là ?

— Tu m'as appelé tout à l'heure pour me demander de passer te voir ! Tu te rappelles, quand même ? !

— Bien sûr ! Excuse-moi, j'étais plongé dans ma lecture…

— Fais une pause ! Goûte ces œufs à la violette. Je les tiens de Vindimian. Il en a reçu une caisse. Ça vient d'Espagne. C'est délicieux…

— Il se fait livrer les bonbons par caisses, Vindimian ? Il a gagné au Loto ?

— Non, son père a trouvé du travail. Il est devenu représentant en confiserie. Vindimian va grossir…

— Et perdre ses dents. Mais c'est bien que son

père ait trouvé quelque chose. Depuis le temps qu'il cherchait....

Bonaventure attrapa une de ses tresses et la porta à sa bouche pour la mordiller d'un air soucieux. Les tresses afro lui allaient fort bien. Sa mère, qui était antillaise, les lui avait faites voici quatre mois, et depuis il était toujours bien coiffé, ce qui le changeait. Théophile aurait adoré se faire tresser la chevelure à l'africaine, mais la maman de Bonaventure lui avait expliqué que pour obtenir un bon résultat il fallait avoir les cheveux bruns et crépus, et que faire natter à l'africaine une chevelure blonde, c'était prendre le risque de se retrouver avec sur la tête un poulpe mort décoloré à l'eau de Javel.

Théophile mit dans sa bouche trois petits œufs à la violette et les mâcha en disant :

— Jette un coup d'œil à cha. Tu vas voir, ch'est dingue.

Il poussa vers Bonaventure le grimoire de magie rouge, et lui montra le passage dont il voulait qu'il prenne connaissance. Bonaventure se pencha sur le gros livre avec circonspection et y lut :

Le Grimoire d'Arkandias

## DE LA CONFECTION
## DE LA BAGUE D'INVISIBILITE

Pour se rendre invisible au moyen d'une bague, il faut :
1 - Un pépin du fruit vert et rose appelé pastèque, qui pousse chez les portugais
2 - Une livre d'eau gelée
3 - Une cinquantaine de fientes fraîches de pigeon ramier
4 - Un œuf punais
5 - Un dé à coudre de sang de poule noire
6 - Une once de salpêtre
7 - Une vesse-de-loup
8 - Quatre gouttes de mercure liquide
9 - Une bague en or blanc

Mettre le creuset vide sur la flamme et y poser la livre d'eau gelée.

Jeter les quatre gouttes de mercure dans l'eau tiède ainsi obtenue, et jouer à la flûte l'air qui doit charmer l'amalgame.

Briser l'œuf punais avec une pince en bois d'olivier en criant d'une voix forte à trois reprises :

## Une visite à la bibliothèque

*Amsa Kratchouf ! Kratchouf Sôminey !* Puis laisser tomber l'œuf dans le creuset. Ajouter le dé à coudre de sang de poule blanche.

Mettre à cuire dans la mixture le champignon soigneusement lavé et débarrassé de toute trace d'humus (ce point est capital).

Ajouter une à une, les cinquante fientes fraîches de pigeon ramier.

Verser en pluie le salpêtre blanc réduit en poudre sur le mélange obtenu, puis s'écarter du creuset. À ce stade de la recette, si toutes les indications qui précèdent ont été scrupuleusement suivies, une flamme verte s'élèvera au plafond et toute trace de potion disparaîtra du creuset. Y jeter immédiatement la bague ornée du pépin de pastèque. Les vapeurs âcres de la potion volatilisée change le pépin en un diamant rose jetant mille feux.

La bague peut dès lors être portée au majeur de la main droite. Il suffit de tourner le diamant vers la paume de la main pour se rendre invisible, et de lui imprimer le mouvement inverse pour reparaître aussitôt.

Bonaventure repoussa le grimoire vers Théophile, secoua ses tresses et demanda simplement :
— Et alors ?
— Comment ça, et alors ? ! C'est tout l'effet que ça te fait ? Je découvre une recette qui permet de fabriquer une bague qui rend invisible, et tout ce que tu trouves à dire c'est « Et alors ? » !
Bonaventure battit des cils et regarda Théophile avec attention pour vérifier qu'il n'était pas en train de se moquer de lui.
— Tout de même, dit-il enfin. Ne me dis pas que tu y crois !...
— Bien sûr que si, j'y crois ! Pourquoi n'y croirais-je pas ?
— Mais enfin, Théophile, c'est ridicule. Tu penses bien que si cette recette permettait vraiment de se rendre invisible ça se saurait ! On en parlerait à la télévision...
— Pas forcément. D'abord, il s'agit d'un livre très ancien, et à la télévision on ne parle que de nouveauté. Et ensuite, la recette a peut-être un sens caché... As-tu déjà entendu parler de Nicolas Flamel ?

— Non, jamais. Qui est-ce ?

— Un alchimiste du Moyen Âge. Il était libraire-juré de l'Université de Paris et il vivait modestement. Un jour, un inconnu lui vend un grimoire fait d'écorces de bouleau. Il le feuillette et tombe sur la recette de la Pierre Philosophale...

— La Pierre Philosophale ? ! Qu'est-ce que c'est ?

— Une poudre rouge qui a la propriété de changer tous les métaux en or ! On l'appelle aussi « Poudre de Projection ». Tu en jettes une pincée dans le plomb fondu et pouf ! Le plomb devient de l'or. Tu démoules ton lingot, tu l'essuies et tu le portes à la banque. Eh bien figure-toi que Flamel a perdu vingt-quatre années de sa vie à étudier la recette sans parvenir au moindre résultat !...

— Le contraire m'eut étonné...

— Attends la suite et tu vas l'être. Flamel perd la foi et l'appétit. Il est bien près d'abandonner. Et puis un jour, alors qu'il voyage en Espagne pour se distraire de ses travaux, il rencontre à Saint-Jacques-de-Compostelle un médecin Juif appelé Maître Canches, qui lui explique comment interpréter la recette. Il rentre à Paris, se remet au

travail avec entrain, et le 25 avril 1382, à trois heures de l'après-midi...
— Pouf ! Les lingots !
— Tout juste. Il réussit sa première transmutation en or. Dès cet instant, il devient richissime. Il offre à la ville de Paris des hôpitaux et des églises. Et à sa mort, il laisse un testament de quatre mille écus d'or ! L'Acte est si énorme qu'il ne faudra pas moins de quarante ans pour exécuter toutes les dispositions qu'il contient !... Et cette histoire n'est pas une blague. Flamel figure même dans le petit Larousse...
— Ça fait combien en francs, quatre mille écus d'or ?
— Je ne sais pas... Beaucoup ! Toujours est-il que sans ce voyage en Espagne, et sans cette rencontre avec Maître Canches, Flamel n'aurait jamais rien trouvé. Ça te prouve bien que détenir la recette est une chose, mais que réussir à l'interpréter en est une autre...
— Il ne te reste qu'à partir en pèlerinage à Saint-Jacques-de-Compostelle...
Théophile haussa les épaules.
— Que tu es bête ! Maître Canches est mort en

## Une visite à la bibliothèque

1411 ! Et puis moi, j'ai eu plus de chance que Nicolas Flamel. Je n'ai pas été forcé d'aller vers les explications : elles sont venues à moi...

— Que veux-tu dire ?

Théophile baissa les yeux et désigna le grimoire à couverture de cuir.

— Ce matin, par hasard, je suis tombé sur ce gros livre. Il avait glissé sous un rayon, va savoir comment. Je l'ai ouvert, et j'ai trouvé ceci dedans...

Il tira de sa poche un morceau de papier jauni qui tombait en loque tant il avait été plié et déplié souvent.

— J'ai cru tout d'abord que c'était un marque-page. Mais comme je suis curieux je l'ai déplié, et alors là...

— Alors là quoi ?

— C'était la clef de la recette ! Un type la possédait, et il a commis l'erreur de la noter sur ce bout de papier, puis d'oublier le papier dans le livre.

Bonaventure s'empara de ce billet jauni et l'examina en fronçant les sourcils. Puis il le rendit à Théophile en disant :

— On t'a fait une blague. Un type s'est amusé à

glisser ça dans le livre pour piéger les gogos. Et toi tu es tombé dans le panneau. Mets ce billet au panier et allons faire du patin à Sainte Clothilde. Il fait un temps superbe, et le borgne est en congé.

— Vas-y tout seul, Bonav'. Moi, j'ai mieux à faire que d'épouvanter les pigeons. Ce billet, c'est la providence qui me l'envoie. Je n'ai pas l'intention de laisser passer ma chance.

— Tu es sérieux ?

— On ne peut plus sérieux.

— Bon. Très bien. J'irai donc patiner tout seul.

Il se mit debout et repoussa sa chaise sous la table.

— Quoi qu'il en soit, ajouta-t-il, je te déconseille de passer l'après-midi ici. C'est risqué...

— Risqué ?! Comment ça ?

— Si ton billet est authentique, le type qui l'a oublié va revenir le chercher. Gare à toi s'il te prend le nez dessus !...

À ces mots, Théophile devint tout pâle.

— Ça, fit il d'une voix étranglée, je n'y avais pas pensé... Heureusement que tu m'en parles...Il ne faudrait pas que...

## Une visite à la bibliothèque

Il n'acheva pas sa phrase, mais regarda de tous côtés avec inquiétude.

— Je plaisantais, s'esclaffa Bonaventure. Et puis de toute façon, si la recette marche tu ne le verras pas arriver puisqu'il sera invisible. Et si elle ne marche pas, il ne cherchera pas à récupérer son bout de papier. Dans tous les cas, à quoi bon t'inquiéter ?

— Tu as deux francs ?

— Deux francs ? ! Pourquoi faire ?

— Pour photocopier la recette. Ensuite, je remettrai le grimoire où je l'ai trouvé, ni vu ni connu.

— Tu es vraiment incroyable, tu sais ! pesta Bonaventure en lui tendant une pièce de deux francs. Gaspiller deux francs pour de pareilles bêtises. Avec deux francs, on a dix micro-bananes effervescentes !

— Quand on sera invisible, on entrera chez les marchands de bonbons et tu mettras directement la tête sous le bocal, pendant que je tournerai la poignée.

Madame Benedetti les conduisit à la photocopieuse et fit un tirage de la page qui intéressait Théophile en demandant :

— Tu comptes essayer cette recette, Théophile ?

Théophile haussa les épaule et répliqua avec un parfait naturel :

— Bien sûr que non ! C'est juste pour faire une blague à un copain. Le sang de poule blanche et la fiente de pigeon Ramier, ça nous fait plus rigoler qu'autre chose, vous savez...

Ils retournèrent poser le grimoire à sa place et Bonaventure demanda :

— Et le petit morceau de papier ? Tu ne le remets pas dans le livre ?

— Mais non, voyons ! Comment veux-tu que je réussisse la recette si je ne l'ai pas ?

— Parce que tu comptes vraiment essayer cette recette ? ! ? Tu es dingo, tu sais ?

— C'est ce que ses voisins de palier disaient à Nicolas Flamel, le 25 avril 1382. Je te répondrai simplement par un proverbe de Marcel Pagnol : *Tout le monde savait que c'était impossible. Un jour, un ignorant l'a fait.*

Les deux amis déambulèrent un moment dans les travées, et Théophile hésita entre plusieurs titres de Marcel Aymé. Comme Bonaventure soupirait à fendre l'âme, il en prit finalement deux au hasard et descendit les faire enregistrer au rez-de-chaussée. Il y eut un moment d'embarras lorsque madame Benedetti lui rappela qu'il devait se hâter de lire *Le comte de Monte-Cristo*, qui n'était prolongé que d'une semaine. Théophile promit de faire un effort, et Bonaventure, tout à coup guilleret, se mit à siffloter d'un air dégagé.

Ils remontèrent le boulevard Ledru Rollin et allèrent s'asseoir un moment au soleil sur un banc du jardin Sainte Clothilde. Bonaventure entrouvrit son sac de toile et y prit deux sablés au chocolat. Il en offrit un à Théophile, et dévora l'autre avec appétit. Quelques moineaux effrontés vinrent sautiller aux pieds des deux garçons en flûtant de petites protestations, parce que le gâteau au chocolat les intéressait, eux aussi, et que les miettes ne venaient pas très vite. Bonaventure ramassa quelques fragments de pâte sablée tombée sur son pantalon et les leur jeta. Il y eut une brève querelle, puis chacun trouva sa miette et les passereaux s'égayèrent dans les tilleuls.

— Ils sont marrants, ces piafs, dit Bonaventure. Ils sont gros comme des abricots, mais ils n'hésitent pas à t'engueuler si tu tardes un peu trop pour leur donner ce qu'ils veulent. Tu as vu le petit tout gris ? Il était vraiment furibard. Il tournait la tête dans tous les sens, comme toi tout à l'heure, à la bibliothèque, quand tu surveillais l'arrivée du sorcier...

Content de ce trait d'esprit, il mit sa main devant sa bouche et pouffa en secouant ses tresses. Mais Théophile n'avait pas le cœur à rire. Il avait sorti de son sac à dos la photocopie de la recette, et il la relisait en consultant par moments le vieux morceau de papier trouvé dans le grimoire.

— Ce qu'il écrit petit, ce type ! C'est fou ! Il me faudrait une loupe pour déchiffrer certains passages...

— J'en ai une. Je te la prêterai. Mais à mon avis, ce dont tu as le plus besoin pour le moment, c'est de grand air et d'exercice. Tu es jaune comme un citron !

Théophile leva le nez de ses notes et se frotta les yeux en disant :

— Tu as raison. Il faut que je m'aère. À force de lire, j'ai les yeux qui se croisent... Tu as tes patins ?

— Oui, dans mon sac. Si tu veux, je t'accom-

## Une visite à la bibliothèque

pagne chez toi chercher les tiens et on revient ici sauter quelques bancs.

— Adopté ! Mais je te préviens que ce coup ci je tente le saut périlleux arrière !

— Faire le saut périlleux arrière quand on a les yeux qui se croisent, c'est risqué. Mais après tout pourquoi pas ? Une bonne chute sur la tête, ça remet parfois les idées en place.

Le reste de leur après-midi se passa en courses joyeuses dans les allées asphaltées. Ils ne purent toutefois pas se livrer à leur jeu favori, car deux vieilles dames s'étaient installées sur le banc des sauts, au grand soulagement du marchand de frites. Ils s'en consolèrent en organisant un concours de slalom autour de boîtes de soda placées en lignes sur une portion d'allée toute droite. Il faisait presque nuit quand Théophile rentra chez lui, les cheveux en bataille et les joues en feu. Il mangea de grand appétit le gratin d'aubergines et les boulettes d'agneau que Marie avait préparées. Puis il monta se laver les dents, et il se mit au lit à neuf heures avec un gros livre de Marcel Aymé intitulé *Le Passe-muraille*. Il lut avec passion l'histoire de monsieur Dutilleul, un modeste employé au ministère de l'Enregistrement qui *possédait le don singulier de passer à travers les murs sans en être incommodé* et qui se retrouvait piégé dans l'épaisseur d'une muraille après avoir absorbé deux cachets de *poudre de pirette tétravalente*. Le don d'invisibilité n'exposait pas à ce genre de risque, Dieu merci. Au pire, on redevenait visible, et c'était tout. Il ferma les yeux et s'efforça d'imaginer la détresse de l'infortuné Dutilleul. À quoi pouvait donc bien ressembler un mur de pierre vu de l'intérieur ? À une galerie de spéléologie très étroite et très sombre, qui de toute part vous collerait au corps, empêchant tout mouvement ? Oui, sans doute à cela ! Impossible de se gratter, ni même de bouger un orteil ! L'horreur absolue ! Le contact des galets froids lui glaça les joues et le front. Il retint son souffle le plus longtemps qu'il put, comme Dutilleul à ses derniers moments. Puis son corps emprisonné fut parcouru de secousses convulsives, et il se figea bouche ouverte dans la pierre, en hurlant un cri muet. Il fut bien aise d'ouvrir les yeux et de retrouver la quiétude de sa chambre à coucher.

Il se leva et alla prendre la recette du grimoire

## UNE VISITE À LA BIBLIOTHÈQUE

dans la poche avant de son petit sac à dos noir. Puis, en pyjama, il s'installa à son bureau. D'un revers de coude il se dégagea un espace de travail où il posa la photocopie et le petit addendum de papier jauni. Il prit dans le premier tiroir du bureau une feuille de papier blanc, et s'aidant de la note trouvée dans le grimoire, il entreprit le lent travail de traduction qui devait lui ouvrir les portes de l'invisibilité.

À onze heures, Marie entra brusquement dans la chambre. Elle avait vu de la lumière sous la porte, et elle pensait que Théophile avait oublié d'éteindre sa lampe en s'endormant. Elle fut stupéfaite de le trouver au travail à une heure pareille.

— Théophile ! s'exclama-t-elle. Mais que fais-tu debout à onze heures du soir ?

— Mes devoirs, m'man, mentit Théophile en cachant la recette avec son coude. J'ai presque fini...

— Pourquoi ne les as-tu pas faits cet après-midi, au lieu d'aller jouer avec Bonaventure ? Je t'ai expliqué cent fois que les devoirs passaient avant le patin...

Il n'y avait rien à répondre à ça. Théophile prit un air confus et baissa la tête en faisant une petite grimace. Il était vraiment très mignon avec ses cheveux en désordre, sa peau brunie de soleil et ses yeux noirs qui brillaient de jeunesse et de santé. Sa mère eut un petit pincement au cœur. Incontestablement, elle avait réussi là un merveilleux petit garçon, qui n'avait pas son pareil sur la terre. Elle lui fit un beau sourire, et murmura tendrement :

— Tu les finiras demain. Allez, range tes affaires et couche-toi tout de suite.

Théophile fourra ses feuilles dans le tiroir du bureau et courut se remettre au lit. Sa mère vint le border, et elle lui passa une main dans les cheveux en disant :

— Bonne nuit, mon cœur. Fais de beaux rêves. J'ai mis ton pantalon à la machine, il tenait debout tout seul tellement il était sale. Prends en un propre demain matin, sur la table de repassage à la buanderie.

Elle lui posa un bisou sur la joue, éteignit la lumière et sortit de la chambre.

# 2
# L'inconnu aux ongles noirs

LE lendemain matin, Théophile n'entendit pas le radio-réveil. Il ouvrit un œil à neuf heures moins le quart, et perçut la voix du monsieur qui donne la météo. Tétanisé, il sauta hors du lit et descendit les escaliers quatre à quatre. Pas le temps de lire, ce matin ! Il prit une banane dans le compotier et la fourra dans son sac à dos. Puis il se colla deux poignées de céréales dans la bouche. Il fit passer le tout avec un grand verre de lait froid, se mit tout nu au grand étonnement de Samantha, la souris blanche, qui frétillait dans sa cage, et remonta chercher un slip, des chaussettes et un tee-shirt dans l'armoire de sa chambre. Il redégringola les escaliers et courut à la buanderie pour y prendre le pantalon propre repassé par Marie la veille au soir. Il l'enfila à grands gestes saccadés, chaussa ses baskets sans les délacer, jeta une croûte de gruyère à Samantha et sortit de la maison en claquant la porte.

Heureusement, il n'habitait pas loin de son collège. Il remonta au pas de course la rue du Chardonnet, obliqua impasse d'Athènes et grimpa à petites foulées le grand escalier de la montée de la Ronce. Parfaitement réveillé, il passa le portail du collège en même temps que quelques retardataires, dont son ami Bonaventure, qui marchait en dormant et ne le reconnut pas.
— Salut Bonav', lança-t-il en lui touchant l'épaule. Ça va ce matin ? La forme ?
Bonaventure haussa les épaules et bailla en secouant ses tresses, qu'il laissait pendre le matin devant son visage comme un rideau afin de n'être pas dérangé.
— C'est toi, Théo ? fit-il de derrière son écran de lianes minces. Tu es en retard, ma parole.

— Pas en retard, juste à l'heure. Hier soir, je me suis couché tard. J'ai travaillé à ce que tu sais...
— À ce que je sais ?! Comment ça ?
Théophile lui prit le bras et l'entraîna à l'écart des autres pour lui dire, un ton plus bas :
— Voyons... J'ai travaillé à la recette !... Je l'ai traduite presque complètement.
— Tu veux dire que tu as perdu ton temps à cette idiotie ?! Je croyais que le patin t'avait remis les idées en place. Mais je constate que non... C'est triste, de voir un garçon aussi malin que toi devenir tout à coup aussi bête !
— Tu manques de fantaisie, Bonav'. Enfin, quoi, mince, ça ne te plairait pas d'être invisible ?
— Ça me plairait, si ça se pouvait ! Mais ça ne se peut pas, alors je m'en fous !
— Ecoute ! J'ai besoin que tu m'aides. Je ne sais pas lire la musique, ni en jouer. Et pour réussir la recette, il faut, à un moment donné, jouer un air de flûte. Un petit air très court, qui ne te posera pas de problème, vu que tu as quatre ans de conservatoire derrière toi...

Bonaventure écarta ses tresses et ouvrit des yeux ronds.

— Tu me demandes de jouer de la flûte pendant que tu touilleras ta mixture ? C'est bien ça ? !
— Tout juste ! C'est exactement ce que j'attends de toi.

Bonaventure parut déconcerté par l'étrangeté de cette requête.

— Enfin quoi, reprit Théophile. On est potes, oui ou non ?
— Oui, bien sûr.
— Alors donne-moi un coup de main ! Tiens. Je t'ai noté l'air de flûte sur ce bout de papier, afin que tu puisses t'entraîner...

Bonaventure jeta un coup d'œil à l'air de musique et fit la grimace en disant :

— Houla ! Ce n'est pas en clef de sol, mais en clef d'ut ! Il va falloir le transposer... C'est du boulot...

— Pour toi ce sera un jeu d'enfant. Moi, de mon côté, je vais finir de traduire la recette. Demain et samedi on réunit les éléments. Et dimanche on fabrique la bague...

— La bague ? Il faut faire une bague ? !
— Pas la faire, mais la transformer. La magnétiser, quoi !...

— Et comment on fait pour la magnétiser ?
— On la trempe dans un bain tiède d'ingrédients secrets, au son d'un air de flûte... Ensuite, la bague est « charmée ». Ça veut dire que si tu la passes à ton doigt et que tu la fais tourner Paf ! Tu deviens invisible...
— Le dimanche, je ne peux pas sortir... Il y a toujours de la famille à la maison. Faisons plutôt ça samedi.
— Il faut qu'on le fasse ce dimanche, Bonav'. C'est très important. À cause de la lune... Je t'expliquerai tout ça en détail plus tard. Maintenant dépêchons-nous, le cours va commencer.

Théophile mit à profit le cours d'anglais pour traduire la fin de la recette. Il cacha les extraits du grimoire dans son livre d'exercices, et travailla discrètement, tout en répondant de temps à autre à une question, afin de ne pas éveiller la méfiance de monsieur Tourette. Monsieur Tourette fit réciter à la classe les verbes irréguliers, et Théophile se leva à deux reprises. Une première fois pour déclamer *To go, I went, Gone*, puis un peu plus tard pour lancer d'une voix assurée : *To do, I did, Done*.

À la récréation de dix heures, la recette de

magie rouge était traduite. Théophile prit Bonaventure à part dans un coin du préau et lui tendit une feuille de papier blanc où l'on pouvait lire, calligraphié au feutre noir, le texte suivant :

DE LA CONFECTION<br>DE LA BAGUE D'INVISIBILITÉ

Pour se rendre invisible au moyen d'une bague, il faut :

1 - Un pépin du fruit exotique dit orange, qui pousse chez les sarrasins
2 - Une livre d'eau gelée
3 - Une cinquantaine de fientes fraîches de pigeon ramier
4 - Un œuf punais
5 - Un dé à coudre de sang de poule noire
6 - Une once de soufre
7 - Une once de salpêtre
8 - Une trompette des morts
9 - Quatre gouttes de mercure liquide
10 - Une bague en or blanc dont le chaton soit nu

Procéder de la façon suivante :
Enchâsser le pépin d'orange dans le chaton de la bague.

## L'INCONNU AUX ONGLES NOIRS

À la cinquième lune de l'an, une heure avant minuit, se tenir prêt, couvrir les lampes et fractionner l'heure en cent centièmes.

Au premier centième de l'heure, mettre le creuset vide sur la flamme et y poser la livre d'eau gelée.

Au douzième centième de l'heure, jeter les quatre gouttes de mercure dans l'eau tiède ainsi obtenue, et jouer à la flûte l'air qui doit charmer l'amalgame. L'air sera joué *Allegro ma non tropo* et sans interruption durant tout le reste du grand œuvre.

Au vingt-et-unième centième de l'heure, briser l'œuf punet avec une pince en bois d'olivier en criant d'une voix forte à trois reprises : *Amsa Kratchouf ! Kratchouf Sôminey !* Puis laisser tomber l'œuf dans le creuset.

Au vingt-huitième centième de l'heure, jeter en pluie le soufre sur l'amalgame.

Au trente-quatrième centième de l'heure, ajouter le dé à coudre de sang de poule noire, après l'avoir magnétisé en le portant successivement à son front, à son épigastre et à son nombril.

Au quarante-troisième centième de l'heure,

mettre à cuire dans la mixture le champignon soigneusement lavé et débarrassé de toute trace d'humus (ce point est capital).

Au quarante-neuvième centième de l'heure, ajouter une à une, et de centième d'heure en centième d'heure, les cinquante fientes fraîches de pigeon ramier.

Au quatre-vingt-dix-neuvième centième de l'heure, verser en pluie le salpêtre blanc réduit en poudre sur le mélange obtenu, puis s'écarter du creuset.

À ce stade de la recette, si toutes les indications qui précèdent ont été scrupuleusement suivies, une flamme verte s'élèvera au plafond et toute trace de potion disparaîtra du creuset. Y jeter immédiatement la bague ornée du pépin d'orange, puis cesser de jouer l'air de flûte. Les vapeurs âcres de la potion volatilisée change le pépin d'orange en un diamant orange jetant mille feux.

La bague peut dès lors être portée au majeur de la main droite. Il suffit de tourner le diamant vers la paume de la main pour se rendre invisible, et de le tourner vers le dos de la main pour réapparaître aussitôt et à volonté.

Bonaventure en prit rapidement connaissance, puis déclara avec force :

— Non, non et non ! Je refuse de m'associer à ça ! J'aime les bêtes, et je ne supporterai pas de te voir maltraiter ce petit chat !

— Un petit chat ? ! Mais quel petit chat ? De quoi parles-tu ?

— À la dixième ligne, dans la liste des ingrédients, il est question d'une Bague et d'un Chaton... Ne compte pas que j'accepte de jouer de la flûte pendant que toi, tranquillement, tu noieras un chaton bagué dans la potion magique !

— Mais enfin, Bonav' tu es fou ! Comment peux-tu croire que je serais assez cruel pour noyer un petit chat dans la potion ? Un chaton, c'est le milieu d'une bague. L'espèce de petit renflement sur lequel la pierre précieuse est fixée...

Bonaventure parut rassuré. Il tendit la main à Théophile en lui disant :

— Dans ce cas c'est tout différent ! Tope-là, Théo. Je marche avec toi.

Il tira de son sac une poignée de petits serpents en gelée et en offrit quelques uns à Théophile en ajoutant :

— Le problème, ce sera de trouver une bague en or blanc. Un anneau, passe encore. On en trouve de pas chers au bureau de tabac. Mais une vrai bague, et en or blanc en plus, alors là, ouf !...

— Ne te fais pas de souci pour ça, et occupe-toi simplement de travailler ton air de flûte. Le reste, je m'en charge.

Comme chaque jour, les deux garçons mangèrent ensemble à la cantine. Mais à cause des oreilles indiscrètes qui traînaient partout, ils ne purent parler librement de leur projet. Ils convinrent de s'isoler un moment après le repas, puis ils se mêlèrent aux conversations de leurs camarades. Vindimian, un petit brun aux oreilles décollées, prétendit qu'il avait fait la veille au soir un score de quatre mille deux cent trente-sept unités sur le Tank Clash Programme de sa console vidéo. Son voisin de droite, Sébastien Paturel, ricana que c'était impossible, et que « les meilleurs au niveau mondial » ne dépassaient pas les trois mille unités, score qu'il avait lui même frôlé a plusieurs reprises... Bonaventure, qui était spécialiste de ces questions, s'institua juge du débat, et il fit à chacun des deux garçons quelques questions d'ordre technique ayant trait à l'ordre des tableaux et à la gamme des missiles. Les deux imposteurs, qui n'avaient jamais dépassé la quatrième phase de jeu, furent confondus en peu de temps, et on changea de sujet.

Théophile lança habilement la conversation sur la magie, et chacun y alla de sa petite anecdote. Benaitreau affirma que les sorciers, ça existait, et qu'il suffisait de mettre un cheveu dans un œuf pour lancer un sort puissant sur la poule de son choix. Chaboud, qui savait toujours tout mieux que tout le monde, haussa les épaules en disant que le coup de l'œuf était censé viser le propriétaire du cheveu, et pas la poule, mais que de toute façon tout ça c'était de la blague, et que le seul moyen efficace pour jeter un sort, c'était les rognures d'ongles cousues dans un pruneau. Théophile raconta l'histoire de *Garou-Garou le passe muraille*, et affirma pour rigoler qu'elle était inspirée d'un fait authentique. Un monsieur, à Paris, en 1875, qui avait fait tomber par mégarde un peu de savon à moustaches dans une bouteille de sirop pour la toux, et qui s'était retrouvé capable de traverser les murs après une grosse grippe. Les savants avaient immédiatement analysé le mélange, mais on n'avait jamais réussi à retrouver la proportion exacte de savon à moustache, et l'invention s'était perdue. C'était un mensonge, naturellement, mais Théophile adorait broder et enjoliver à propos des petites choses. Ça lui venait naturellement, et pendant le court temps où il racontait ces choses, il y croyait, ce qui est le propre de tous les grands menteurs. Comme son auditoire demeurait stupéfait, il lança sur un ton sarcastique :

— Je plaisante, les mecs ! On vous ferait vraiment gober n'importe quoi !

Mais il ne plaisantait qu'à moitié, car il n'était sûr de rien.

À cinq heures, il se rendit à la bibliothèque pour de menus travaux de recherche. La recette comportait des passages un peu obscurs, et il avait besoin du secours d'une bonne encyclopédie. Il monta directement au premier étage, prit dans les rayons un gros dictionnaire et plusieurs volumes de l'Encyclopædia Universalis, puis alla s'installer à une table dans le coin le plus reculé de la salle. Il travaillait depuis un petit quart d'heure lorsque madame Benedetti vint le trouver. Elle semblait préoccupée.

— Excuse-moi de te déranger, Théophile, lui dit-elle. Mais j'ai une question à te poser…

Théophile leva les yeux de son dictionnaire en disant :

— Oui ? Je vous écoute, madame Benedetti…

— Dans le gros livre que tu as lu hier, n'aurais-tu pas trouvé par hasard un petit morceau de papier plié en quatre ?

À ces mots, le cœur de Théophile se mit à battre la chamade. Madame Benedetti faisait-elle allusion à la petite note manuscrite qui accompagnait la recette ? Il prit une profonde inspiration, et s'efforça de ne rien laisser paraître du trouble intérieur qui l'agitait.

— Un morceau de papier plié en quatre ? Non, madame Benedetti, je n'ai rien trouvé de ce genre dans le grimoire… Il était de quelle couleur, ce morceau de papier ? Blanc ? Vert ? Bleu ?

— Je ne sais pas. Un monsieur est venu me trouver ce matin. Il avait à la main le gros livre que tu as consulté hier. Il m'a expliqué qu'il avait travaillé dessus la semaine dernière, et qu'il ne retrouvait plus une note manuscrite de grande importance oubliée entre deux pages. Il pensait qu'un lecteur l'avait emportée par inadvertance, et il m'a demandé de lui communiquer les noms des personnes qui avaient consulté ce livre après lui...

Théophile sentit un frisson glacial lui descendre le long de la colonne vertébrale. Le sorcier existait donc ! Et il était déjà à sa recherche ! Il avala péniblement sa salive et demanda d'une voix blanche :

— Vous... Vous lui avez donné mon nom ?

— Non, rassure-toi. Nous ne donnons jamais ce genre de renseignements. Et puis, ce monsieur ne m'inspirait pas confiance. Il avait un aspect louche...

— Un aspect louche ? répéta Théophile épouvanté. Comment ça ?

— Ça va te paraître idiot... Mais figure-toi que ce monsieur très bien habillé avait des ongles immensément longs, et tout noirs ! Pour le reste, il était parfaitement soigné, et il sentait bon l'eau de toilette. Mais il ne coupait pas ses ongles, et ce détail m'a inspiré de la méfiance...

Théophile se sentit pâlir. Il referma son dictionnaire et se leva en disant :
— Je dois rentrer, madame Benedetti. Ma mère m'attend...
Il fit quelques pas dans la salle et se retourna, les jambes flageolantes, pour ajouter :
— Si... Si le monsieur revient, ne lui donnez pas mon nom. Il pourrait penser que j'ai trouvé sa note dans le livre, et que je l'ai volée ou Dieu sait quoi... Je n'aimerais pas avoir affaire à lui... Il ne m'inspire pas confiance, à moi non plus.
— Voyons, Théophile ! Ne te fais aucun souci ! Ce monsieur continuera d'ignorer ton nom. S'il revient, je lui dirai de commencer par fouiller ses tiroirs avant d'accuser mes lecteurs ! Et s'il fait du scandale, j'appellerai les gendarmes. Je ne suis pas du genre à me laisser impressionner par un goujat aux ongles malpropres, non mais des fois !
Théophile rentra chez lui d'un pas rapide, en se retournant à chaque coin de rue pour voir si on ne le suivait pas. À deux reprises, il croisa des messieurs bien habillés. Il vérifia aussitôt la taille et la propreté de leurs ongles, et fut soulagé. Sitôt à la maison, il décrocha le téléphone portable, afin

de mettre Bonaventure au courant de la catastrophe. Mais son ami était à son cours de solfège au conservatoire, comme chaque jeudi. Théophile se coupa mélancoliquement une tranche de pain, la tartina de beurre et la saupoudra de chocolat noir râpé. Puis il se servit un verre de lait et goûta en surveillant la fenêtre, le couteau à beurre à la main.

Ce soir-là, à table, il se montra distrait, lointain et nerveux. Il bondissait à chaque bruit de moteur dans la rue, et ne répondait que par monosyllabes aux questions que lui posait sa mère. À un moment donné, on frappa à la porte. Il se figea, la fourchette dans la bouche et ouvrit tout grand les yeux, en respirant par petites saccades. Mais ce n'était que la voisine, madame Reverdy, qui venait rendre à Marie le moule à charlotte prêté un mois plus tôt. Elle leur apportait aussi une moitié de gâteau au yaourt, enveloppée dans un torchon propre et blanc qui sentait la vanille tiède et la fleur d'oranger. Ils mangèrent le gâteau au dessert, puis Marie se leva pour préparer une infusion de tilleul.

— Tu as des soucis, Théophile ? demanda-t-elle tout à coup en posant sur la plaque une casserole d'eau froide. Tu n'as pas dit un mot de tout le dîner...

— Non, m'man. Tout va bien, je t'assure...

— Allons, je te connais. Je vois bien que quelque chose te tracasse. Tu peux tout me dire, tu sais. As-tu eu une mauvaise note ?

— Oh non, au contraire ! J'ai eu dix-sept à la composition d'anglais.

— Alors qu'est-ce qui ne va pas ? Pourquoi es-tu si nerveux ?

— Je ne suis pas nerveux, m'man. Je me sens très calme au contraire.

— Allons donc ! Quand madame Reverdy a frappé tout à l'heure tu as failli avaler ta fourchette. De quoi as-tu peur ?

— Mais de rien, je te jure. Je suis simplement un peu fatigué, parce que je me suis couché tard hier au soir. Demain matin, je serai en pleine forme, tu verras...

Marie toucha le front de Théophile, lui palpa les ganglions du cou et lui demanda d'ouvrir grand la bouche en regardant le lustre.

— Tire la langue et fais « Aaaaaaaaahhhhh »
— Aaaaaaaaahhhhhh, fit Théophile, conciliant.
— Ta gorge n'est pas rouge. Tout va bien de ce côté-là ! Ce n'est peut-être qu'un peu de fatigue, après tout.

Elle versa l'eau frémissante dans un grand pot transparent, et les fleurs de tilleuls gonflées et blondes se mirent à tourner avec lenteur dans leur prison de verre.

— Le tilleul, c'est excellent pour ce que tu as. Bois-en une tasse, et tu dormiras en souriant.

Elle lui servit une tasse de tilleul blond sucré au miel. Il la but à petite gorgée, en faisant un effort pour parler et se montrer insouciant. Mais dès qu'il l'eut finie il bâilla, embrassa sa mère et monta se laver les dents.

Il se mit au lit avec un livre, et cacha la recette du grimoire entre deux pages pour l'étudier en toute discrétion. Il avait cherché dans le gros dictionnaire de la bibliothèque le sens exact des mots qui ne lui étaient pas familiers. Et dans l'Encyclopædia Universalis, il avait trouvé les pistes des endroits où se procurer les divers ingrédients nécessaires pour la recette. La plupart

## L'INCONNU AUX ONGLES NOIRS

étaient d'ailleurs assez communs : l'eau gelée, par exemple. Ou le pépin d'orange. Tout ça ne posait pas le moindre problème. Mais la bague, elle, en revanche, en posait un, et un gros. La recette indiquait qu'elle devait être munie d'un « chaton nu ». Or toutes celles de sa mère étaient ornées d'une perle ou d'un petit brillant. Que faire ? Dessertir le solitaire de tante Véronique avec une petite pince, au risque de l'abîmer ? Non, il n'en avait pas le droit ! Il fallait trouver autre chose. Il eut soudain honte d'avoir fait le malin devant Bonaventure. « Occupe-toi de l'air de flûte ! avait-il claironné. La bague, je m'en charge... » Il se serait donné des gifles.

L'autre aspect ennuyeux de la question, c'était ce type aux ongles longs et noirs qui le cherchait. Comment faire pour s'en débarrasser ? Madame Benedetti avait promis de faire écran, mais ce n'était qu'une faible vieille dame d'au moins quarante ans. Et le type avait sans doute des pouvoirs, comme tous les sorciers. Il la regarderait dans les yeux un court instant, et elle deviendrait toute drôle, toute lointaine, comme les personnes qui se réveillent d'une anesthésie générale, et elle avouerait tout, en donnant des détails, et le type n'aurait plus qu'à venir directement à la maison pour plonger ses ongles sales dans le tendre gosier de Théophile.

— Non, non et non, murmura-t-il en fermant les yeux et en se prenant le cou à deux mains. Je ne peux pas accepter ça !

Il resta un moment à réfléchir, les yeux fermés ; puis il se frappa le front du plat de la main en s'écriant :

— Mais oui ! Évidemment ! Pourquoi n'y ai-je pas pensé plus tôt ? Il suffit que je remette le bout de papier jaune à sa place dans le grimoire ! Je n'en ai plus besoin, puisque j'ai traduit la recette ! Le type le récupérera, et il me fichera la paix.

Il se frotta joyeusement les mains, posa son livre sur sa table de nuit, éteignit sa lampe et tomba endormi sur son oreiller.

Le lendemain matin, vers huit heures, il s'éveilla frais et dispos, et courut tout de suite à la salle de bains pour s'y doucher. Il resta un long moment sous le rude jet d'eau tiède épanoui en corolle, se lava les cheveux et les rinça avec soin. Puis il ferma aux trois quarts le robinet d'eau chaude, ouvrit tout grand celui de l'eau froide et replongea sous un filet frais, mais non glacial qui lui donna un regain de tonus.

— Ouha ! fit-il en recevant ce jet plus vif sur les épaules et sur la nuque. Ça réveille !...

Il s'habilla rapidement, coiffa ses cheveux blonds en arrière avec un peigne et descendit déjeuner, son livre de Marcel Aymé à la main. Il trouva sur la table un mot de Marie qui disait :

*Mon petit chéri,*

*Je suis monté t'embrasser hier soir à neuf heures à peine passées, et tu dormais déjà paisiblement. Tu dois avoir la grande forme ce matin ! N'oublie pas tes affaires de gymnastique. Je t'ai mis vingt francs dans la boîte bleue sur le buffet, pour cette pièce de théâtre dont tu m'as parlé, et où vous allez avec l'école la semaine prochaine. Bonne journée, travaille bien en classe.*

*À ce soir, bisous*

*Maman*

Le dessin qui accompagnait ce petit mot représentait un gros éléphant occupé à boire à la paille un bol de lait chocolaté. La trompe du pachyderme allait en s'amenuisant, et elle était prolongée d'une paille très fine qui trempait dans un bol minuscule. Théophile glissa le mot dans son livre et déjeuna en se promenant dans la campagne normande avec la jument verte qu'il tenait par la bride. À neuf heures moins le quart il ferma son livre, mit ses affaires de classe dans son sac et sortit de la maison.

Il ne pensait plus à l'inconnu aux ongles noirs, et ne se retourna pas une seule fois dans la rue comme il l'avait fait la veille au soir. Car à la réflexion, ce type ne le connaissait ni de nom ni de vue, alors à quoi bon s'en faire ? Dans la cour du collège, il salua Benaitreau et Chaboud. Puis il courut vers Bonaventure, et l'attira sous le préau en lui disant à mi-voix :

— Il m'est arrivé un truc complètement dingue, hier à la bibliothèque ! Figure-toi que le type qui a oublié sa moitié de recette dans le grimoire de magie rouge est venu trouver madame Benedetti. Il voulait récupérer son bout de papier ! Il était furibard, à ce qu'il paraît... Heureusement, madame Benedetti ne lui a pas donné mon nom...

— Il était comment, ce type ?
— Epouvantable ! De grands ongles noirs, des dents pointues...
— C'est un vampire ?!
— Un sorcier, plutôt. Enfin, à mon idée...
— Voilà ce que c'est que de se mêler de magie rouge ! Les histoires de chiens, ça ne rapporte que des puces ! Que vas-tu faire ?
— Remettre le bout de papier à sa place dans le grimoire. Ni vu ni connu...
— C'est stupide ! Pourquoi le type aurait-il l'idée de retourner le chercher dedans ?

Théophile prit un air dépité.

— Tu as raison. Il va le chercher partout, sauf dans le grimoire, puisqu'il a vu qu'il n'y était plus ! Ah ! Mon Dieu, comment faire ?...

Il se laissa de nouveau envahir par l'inquiétude. Fort heureusement, Bonaventure avait de la ressource. Il ramena ses tresses derrière ses oreilles en disant :

— Tu n'as qu'à donner le papier à la dame de la bibliothèque, en lui demandant de le rendre au type quand elle le verra.

— Je ne peux pas ! J'ai dit à madame Benedetti

que je n'avais pas le papier... Si maintenant je le lui amène, elle me prendra pour un menteur !

— Ce serait horrible qu'elle pense ça de toi, fit Bonaventure ironique.

Mais voyant son ami pâle et défait, il ajouta plus sérieusement :

— Il ne reste pas trente-six solutions : tu réempruntes le grimoire, tu fais semblant de le consulter, tu pousses un cri et tu cours vers madame Benedetti avec le papier à la main en lui disant : Regardez madame, ce que j'ai trouvé par hasard, coincé entre deux pages qui s'étaient un peu collées l'une à l'autre... et le tour est joué !

— La vache, fit Théophile. Tu as la forme, toi, ce matin ! Ça fuse !...

— Je n'ai pas à me plaindre, fit modestement Bonaventure. Ce matin, j'ai bien déjeuné.

À cinq heures, Théophile se présenta à la bibliothèque. Il trouva madame Benedetti occupée à couvrir quelques livres neufs avec du plastique transparent. Les feuilles de plastique étaient autocollantes, si bien qu'elle n'utilisait pas de scotch. Théophile la regarda faire un moment, puis il se racla la gorge. Madame Benedetti leva les yeux vers lui et s'écria joyeusement :

— Bonjour Théophile. Comment vas-tu depuis hier ?

— Bien madame, merci. Je suis venu consulter le gros livre de magie rouge. Vous savez, celui dans lequel un monsieur avait oublié un papier soi disant précieux... À propos, il est revenu ?

— Qui ça ? Le papier ou le monsieur ?

— Le monsieur...

— Non. Pas depuis hier. Il passera peut-être dans la soirée. Aujourd'hui nous ne fermons qu'à dix-neuf heures. Viens, je vais te donner le grimoire.

Il suivit madame Benedetti jusqu'à la salle de consultation et prit place à une table, entre un monsieur maigre et distrait qui lisait un journal Anglais et une grosse dame qui consultait des incunables en épluchant une orange. Madame Benedetti fit aimablement remarquer à la grosse dame qu'elle avait entre les mains un ouvrage précieux qui méritait quelques égards, et elle lui rappela qu'il était interdit de manger dans la bibliothèque. Mais la grosse dame le prit de haut, et madame Benedetti lui arracha finalement le livre des mains en la priant d'aller saucissonner ailleurs. La dame, affreusement vexée, se leva en emportant un petit chien dans un panier.

Théophile attendit que madame Benedetti se fut éloignée vers l'escalier pour prendre discrètement dans sa poche le petit morceau de papier jauni. Il le glissa dans le grimoire entrouvert et referma ce dernier en poussant un soupir de soulagement. Il laissa passer une minute, puis ouvrit tout grand le livre sur la table et commença à le feuilleter avec ostentation. Il tomba bien vite sur le billet qu'il venait d'y glisser, et qui, ô coïncidence, se trouvait juste à la page de la recette d'invisibilité. Il s'en saisit d'un air faussement étonné, et l'examina avec attention. Alors, il eut un choc de sang à la poitrine et fut vraiment stupéfait : Le morceau de papier qu'il avait entre les doigts n'était pas celui qu'il avait glissé dans le grimoire quelques instants plus tôt ! C'en était un autre ! Plus neuf et plus blanc. Il feuilleta rapidement le grimoire, et trouva son petit morceau de papier à lui quelques pages plus loin. Il posa ces deux billets côte à côte sur la page du grimoire, et se gratta la tête en fronçant les sourcils. Puis d'une main tremblante il déplia le feuillet blanc et il lut :

*Ne jouez pas avec le Grand Art, ou le Grand Art se jouera de vous. Remettez en place dans le livre ce que vous en avez ôté, et passez votre chemin.*
*I, TEGO ARCANA DEI !*

Agénor ARKANDIAS

Théophile lâcha le morceau de papier et porta sa main à sa tempe. Mon dieu ! Le type aux ongles noirs était revenu à l'insu de madame Benedetti. Et il avait laissé un mot pour lui dans le grimoire ! Un mot menaçant, qui plus est ! Il ramassa le message et le mit dans sa poche. Puis il glissa le feuillet jauni entre les pages du grimoire, conformément aux instructions de ce monsieur « Arkandias ». Il referma lourdement le gros livre à couverture de cuir, se leva d'un bond en bousculant la table, s'excusa auprès du monsieur maigre qui lisait le Time et s'éloigna à grands pas vers les escaliers. Il alla trouver madame Benedetti, et fit un gros effort pour lui dire d'une voix calme :

— Je m'en vais, madame Benedetti. J'ai laissé le grimoire sur la table, en salle de consultation.
— Parfait. Tu y as trouvé ce que tu cherchais ?
— Pas exactement. Mais à dire vrai, ces vieux livres réservent toujours des surprises. Bonsoir madame Benedetti, à bientôt.

Dans la rue, il aspira fortement l'odeur des lilas, et il se frotta les joues pour reprendre courage. Allons, pensa-t-il, ne nous laissons pas aller à la panique ! Cet Arkandias ne me connaît pas. Il ne m'a jamais vu, et par conséquent il ne peut pas me nuire. Il va revenir consulter le grimoire, et il verra que j'ai trouvé son message et que j'ai obéi à ses instructions. Ça le calmera, et toute cette histoire sera oubliée...

Il rentra chez lui d'un pas tranquille, et goûta de grand appétit, tout en relisant une nouvelle de Marcel Aymé. Puis il monta dans sa chambre, ôta ses baskets et s'allongea sur son lit pour faire le point de la situation. Il relut le message d'Arkandias, le trouva un peu pompeux et se demanda ce que signifiaient les majuscules : *I, TEGO ARCANA DEI !* Il s'agissait sans doute d'une menace, puisque ces mots étaient suivis

d'un point d'exclamation. Ou à tout le moins d'une mise en garde... Mais à quoi cela rimait-il de faire des mises en garde dans une langue incompréhensible ! Ordinairement, on met en garde avec le souci d'être entendu... Couché sur le dos et les mains croisées derrière la nuque, Théophile médita longuement ces incohérences. Peut-être que le type espérait l'impressionner avec une sorte de formule magique, perfide et mystérieuse, afin de le dissuader d'éprouver la recette... Alors là, c'était raté ! Le Grand Art ne lui faisait pas peur du tout, et il comptait bien essayer la recette dimanche ! De ce côté là, rien n'avait changé. Le Grand Art... Non mais je vous jure ! Avait-on idée ? Et ce prénom : *Agénor* ? ! Hein ! Il y avait de quoi rire... Il se laissa aller à pouffer en remuant les épaules et en répétant à mi-voix *Agénor Arkandias,* comme si ce nom constituait à lui seul une excellente plaisanterie. La sonnerie du téléphone le tira de ses rêveries. Il courut décrocher le portable.

— Théo ? C'est Bonav'. Comment ca va depuis tout à l'heure ?

— Ça baigne. Je suis passé à la bibliothèque...

— Tu as fait comme on avait dit ?
— Non, je n'ai pas pu. Figure-toi qu'il y avait un message pour moi dans le grimoire...
— Un message pour toi ! Mais un message de qui ?
— Du type aux ongles noirs. Il s'appelle Arkandias. Il me demandait de remettre le papier jaune à sa place et de ne plus me mêler de magie rouge...
— Tu lui as obéi ?
— Sur le premier point, oui. Mais quant au reste, il peut courir ! J'ai la recette, et quoiqu'il advienne on la testera dimanche...
— Justement, je t'appelais un peu pour ça. J'ai transposé le morceau de musique que tu m'as donné hier, et je l'ai essayé à la flûte pendant mon cours de solfège.
— Alors ? Ça donne quoi ?
— Une horreur ! C'est faux tout du long ! Discordant à hurler. J'ai du tout arrêter, parce que madame Audibert, mon professeur d'harmonie, se bouchait les oreilles en gémissant. Elle a failli avoir une attaque de nerfs. C'est infâme, ton truc ! Tu ne te serais pas trompé en le recopiant, par hasard ?

— Je ne crois pas. J'ai fait très attention à mettre chaque note à sa place sur la portée…

— Tu as le morceau sous les yeux ? Je veux dire la photocopie de l'original ?

— Elle est dans ma chambre, pourquoi ?

— Monte me la chercher, et lis-la moi au téléphone. Je suis sûr que tu as semé des canards partout…

Tout en continuant de parler dans le portable, Théophile monta les marches de l'escalier.

— Tu sais, Bonav', je ne suis pas très doué pour lire la musique. Autant avec les mots je me débrouille, autant avec les notes…

— T'inquiète, tu liras lentement.

Théophile prit la recette dans le tiroir de son bureau et alla s'asseoir sur son lit.

— Houla ! gémit-il après avoir jeté un coup d'œil à la portée. J'avais oublié que c'était en clef d'Ut ! Moi, je ne lis que la clef de Sol. Et encore, péniblement…

— Lis-le moi comme s'il était écrit en clef de sol, et je vérifierai ta copie en la lisant de la même façon. Comme ça je verrai si les notes sont à leur place sur la portée. Vas-y, commence !

— Première mesure : Do, Mi, Sol… Non, Si…
— Quoi ? Sol, ou Si ?
— Si ! Deuxième mesure…
— Attends ! Essaye de battre la mesure et de lire en rythme. Ça a de l'importance, le rythme. Celui ci est à trois temps… Tu bats en traçant un triangle avec ta main… Allons-y…Un, deux, trois…
— Écoute, Bonav' ! Tu ne crois pas que tu pousses un peu ! J'ai déjà du mal à lire les notes, et tu veux en plus que je batte la mesure ? Demande-moi de jongler avec trois balles, aussi, tant que tu y es !…
— Bon Bon ! Oublie la mesure. Contente-toi de lire…
— Je reprends depuis le début. Do, Mi, Si…

La vérification de ces deux lignes de notes fut assez longue, et très éprouvante pour les nerfs de Bonaventure. Mais il ne fit aucune remarque à son ami, car il avait du tact. Au terme de l'exercice, il déclara simplement :
— La copie que j'ai entre les mains est parfaite, Théo ! Il n'y manque pas un bémol…
— Pourtant, tu m'as dit que le morceau sonnait faux tout du long !…

— Tu peux copier juste un morceau faux, il restera faux ! Même si ta copie est juste... Tu me suis ?

— Je crois. Tu essayes de me dire que le morceau a été écrit faux. C'est bien ça ?

— Tout juste ! Et je te jure que de ma vie, je n'ai jamais rien entendu de plus horrible. Le type qui l'a composé faisait sans doute ses gammes en griffant un tableau d'école avec ses longs ongles noirs...Sans ça, ce n'est pas possible ! Allez, salut Théo, à demain.

Il allait raccrocher, mais il se ravisa tout à coup :

— Dis donc, pendant que je te tiens, tu as fait l'exercice de français ? Le truc avec les accords de participes ?

— Oui. Tu veux que je te le dicte ?

— Sans te commander, ça m'arrangerait.

Marie rentra du travail à sept heures. Elle prépara une salade de pomme de terres nouvelles avec des œufs durs et de petits dés de harengs, deux filets de truites et des haricots verts. Théophile mangea la salade de pomme de terres avec voracité, et n'épargna pas les filets de truites. Mais il bouda les haricots, légume insipide et filandreux, suspect à force d'être vert. Marie insista pour qu'il en mangeât au moins trois. Il les suçota sans conviction du bout des lèvres, avec des hoquets de dégoût. Peu après il fit honneur au yaourt à la vanille, et brisa une poignée d'amandes princesses qu'il croqua en grande friandise.

— Ça va l'appétit, ce soir ! Tu es allé faire du patin avec Bonaventure ?

— Non, m'man. Je suis retourné à la bibliothèque.

— Encore ! Mais tu y passes tes journées !

— J'avais des choses à chercher dans une encyclopédie, pour l'école, improvisa Théophile. On prépare un exposé, avec Bonav' !

— Un exposé sur quoi ?

— Sur la musique du Moyen Âge. Bonav' a retrouvé de vieux airs dans un livre. Il les jouera devant la classe, et moi, entre les morceaux, je lirai notre travail.

— Ce sera charmant ! fit Marie avec aplomb. Surtout si vous portez des collants rayés jaunes et bleus, et de petits chapeaux avec des grelots. Joueras-tu du tambourin ?

Comme Théophile regardait sa mère d'un air étonné, elle éclata de rire.

— Je plaisante, évidemment ! Votre idée est merveilleuse. Quand ton ami Bonaventure viendra à la maison, demande-lui d'apporter sa flûte. J'aimerai beaucoup qu'il me joue un air de musique moyenâgeuse...

— Je lui en parlerai. Il acceptera sûrement...

Marie ébouriffa tendrement les cheveux de Théophile en reprenant :

— Mais je veux qu'il me le joue en collant, et qu'il soit accompagné d'un petit ours sachant jongler avec des balles...

Théophile éclata de rire et se jeta dans les bras de sa mère, qui le serra sur son cœur à l'étouffer.

Ce soir-là, Théophile veilla fort tard. Il étudia la recette d'invisibilité très en détail, et sur un morceau de bristol il dressa la liste des ingrédients qu'il lui faudrait se procurer le lendemain, en s'efforçant de les classer selon leur degré croissant de rareté. Le plus simple à se procurer, c'était le pépin d'orange. Ça avait sans doute été une semence rare en France au Moyen Âge, mais à présent on trouvait des oranges partout et en toute saison, si bien que vraiment, ce n'était pas la peine de se préoccuper de ce détail.

Le second ingrédient dans l'ordre croissant de la rareté, c'était l'eau gelée. Il en fallait une livre, soit environ un demi-litre, un peu moins en réalité, la livre ne valant un demi-kilogramme que depuis fort peu de temps. Il suffirait de remplir d'eau un saladier ou un plat à gratin et de le mettre au congélateur. Là encore, enfantin !

Troisièmement, la fiente fraîche de pigeon ramier. L'expression était ambiguë. En effet, l'adjectif fraîche devait-il être pris au sens propre, ou au sens figuré ? S'agissait-il de fiente de pigeon refroidie au frigidaire, ou de fiente récente, donc tiède, mais qui pouvait être qualifiée de fraîche comme on dit d'un fruit qu'il est frais parce qu'il n'a encore subi aucune altération ? Théophile opta pour cette seconde interprétation, et pensa tout de suite au jardin Sainte Clothilde où les pigeons ramiers roucoulaient en abondance. Il s'y rendrait avec Bonaventure dans la matinée de dimanche. Deux ou trois séries de sauts en roller au milieu de ces volatiles permettraient de recueillir une cinquantaine de fientes sur le toit de la baraque à frites.

Quatrièmement, l'œuf punais. Là, les choses se corsaient un peu. Contrairement à ce qu'il avait cru tout d'abord, un œuf punais n'était pas un œuf couvé, mais un œuf pourri. Le gros dictionnaire de la bibliothèque était formel sur ce point. Restait à trouver le moyen de faire pourrir un œuf en peu de temps. Il devait en effet pouvoir disposer de l'œuf au plus tard le surlendemain dimanche, à midi. Il envisagea tout d'abord de le laisser au soleil sur le rebord de la fenêtre de sa chambre. Mais l'œuf aurait-il le temps de pourrir dans la journée de samedi ? Certainement pas ! Il faudrait au moins trois semaines de grand soleil sur la frêle coquille pour entraîner une amorce de putréfaction. Peut-être qu'en le mettant sous des coussins, dans un endroit humide ? Non, on risquait une éclosion ! Et au four à micro-ondes ? Surtout pas, il exploserait ! Alors il ne restait qu'une solution : l'enterrer dans le jardin ! Mais non, ça n'irait pas non plus. Ce serait trop long. Et puis la coquille risquait de se briser sur une pierre, ou sous la pression de la masse de terre dont elle serait recouverte. Le mieux était de l'acheter directement pourri ! Mais les marchands d'œufs punais étaient rares, et n'affichaient pas cette spécialité à la devanture de leur boutique. Il se leva de sa chaise et fit quelque pas dans la chambre en réfléchissant fortement. Voyons…Voyons… Les chinois ne mangeaient-ils pas des œufs pourris ? Ils mangeaient bien des nids d'hirondelles ! Non pas de faux nids en vermicelles blancs très fins, comme le croyaient Chaboud, mais de vrais nids en herbe, qu'ils partaient cueillir à la tombée du jour avec des cannes de bambous, dans des grottes infestées de chauves-souris. Théophile avait vu un reportage là-dessus à la télévision. Un truc incroyable ! Il y avait une boutique de produits chinois impasse de Grenette, il suffirait d'y faire un saut demain vers midi, en sortant du collège, et le tour serait joué.

En cinquième position sur la liste, venait le dé à coudre de sang de poule noire. Alors ça, ça promettait d'être duraille ! Il y avait bien des poules noires dans les basses-cours des campagnes environnantes, mais jamais il n'aurait le cœur d'en sacrifier une, fut-ce pour devenir invisible. Restait la solution de la prise de sang. Une prise de sang, ce n'est pas douloureux, et on s'en remet très bien. On mange un sandwich au jambon en sortant du laboratoire, et on part pour le collège d'un pas tranquille, avec au pli du bras un petit morceau d'adhésif retenant un coton tâché d'une goutte rouge. Oui, mais pour les poules ? Comment trouver la veine ? Et puis il fallait une seringue ! Jamais il n'oserait aller en acheter une à la pharmacie. Non, il devait trouver autre chose. Il résolut de demander conseil le lendemain matin au traiteur de la rue Berthelot, qui rôtissait dix poules par jour sur le trottoir de sa boutique, et donnait faim à tout le monde.

Sixième ingrédient de la recette, le soufre. Là, il s'était renseigné en puisant dans plusieurs ouvrages de la bibliothèque. Le soufre en poudre, qu'on appelait également fleur de soufre, était utilisé pour traiter les vignes. L'opération s'appelait tout bêtement le soufrage, et voilà pourquoi sa mère insistait pour qu'il lavât sa grappe de muscat dans un verre d'eau, à table, avant de la manger. Bonaventure et lui trouveraient sûrement du soufre à la coopérative agricole de Montespan, le petit village d'à-côté. Bon.

Septième élément, le salpêtre. Ça, il connaissait.

## L'INCONNU AUX ONGLES NOIRS

Son père lui en avait montré sur le mur humide d'une bergerie à l'abandon, un jour qu'ils étaient en promenade tous les trois avec Marie. Ça ressemblait à une écume blanche très légère qui poussait comme une barbe à la surface des vieilles pierres, et ça servait paraît-il à fabriquer la poudre à canon. Bonav' et lui iraient se promener à vélo dimanche matin dans la campagne. Ils trouveraient certainement une ruine aux murs blanchis de salpêtre ; et il n'y aurait qu'à faire la cueillette.

Et ils profiteraient de leur promenade pour cueillir le huitième ingrédient : une trompette des morts. Ce champignon au nom funeste était pourtant parfaitement comestible, et s'appelait craterelle à la page cent quatre-vingt-douze du petit Larousse. Il ressemblait à une fleur d'iris moisie trempée dans de la bouse de vache. Théophile en avait vu parfois dans la campagne au mois d'octobre, mais il n'y avait jamais touché. Il se défiait instinctivement des champignons, ces végétaux terreux et rabougris qui empestaient la vieille chaussette et poussaient clandestinement dans la putréfaction des souches. Certains étaient de redoutables tueurs. On les effleurait par mégarde en ramassant une châtaigne, puis on n'y pensait plus. Et une heure plus tard, on tombait raide mort en portant ses doigts à sa bouche pour croquer un carreau de chocolat ou une barre de céréales, sans avoir eu le temps de faire le rapprochement. Il fallait toujours se laver les mains après avoir touché, ou même simplement regardé d'un peu trop près un champignon vénéneux. Le plus terrible de tous était l'amanite tue-mouches, la rigolote au chapeau rouge parsemé de points blancs, dont les schtroumpfs, ces inconscients, faisaient leur maison dans les albums de bandes dessinées. Celle-là, mieux valait ne pas même prononcer son nom.

Le neuvième ingrédient était le mercure liquide. Le plus difficile à obtenir de toute la liste ! Selon le petit Larousse, le mercure ne se trouvait dans la nature qu'à l'état de sulfure rouge vermillon appelé cinabre, que l'on traitait par le grillage. Le dictionnaire omettait de préciser qu'on trouvait également du mercure dans le poisson surgelé et dans les crevettes, et qu'en buvant une tasse d'eau de mer à Palavas-les-flots on en absorbait plusieurs milligrammes. De toute façon, il n'était pas question de distiller de l'eau de mer pour en extraire le précieux métal, ce serait trop long. Et puis de l'eau de mer, Théophile n'en avait pas ! Ça réglait le problème ! Mais peut-être qu'en distillant des crevettes et du poisson surgelé ? Non ! Ce n'était pas raisonnable... Il alla s'allonger sur son lit, et croisa ses mains sous sa nuque en regardant le plafond. Où trouver du mercure liquide ? Voyons... Procédons avec méthode... Dans la nature ? Non. Dans un magasin ? Pas davantage. En brisant une trentaine de thermomètres ? Ça, c'était une idée ! Mais ça reviendrait cher, et il y aurait de minuscules bouts de verre partout. En éventrant des petites piles de montre avec une pince coupante ? Non, ça risquait d'être encore plus onéreux... Il se frappa tout à coup le front du plat de la main en s'écriant : « Mais oui ! Évidemment ! En salle de chimie, à l'école ! Il y a une pleine cornue de mercure liquide dans le placard du petit laboratoire au fond de la cour, à côté du jardin ! » Il s'y introduirait discrètement pendant la récréation, et il en subtiliserait quatre gouttes qu'il verserait dans une petite fiole.

## Le Grimoire d'Arkandias

Personne ne remarquerait l'absence de quatre gouttes dans une bouteille pleine ! Il se frotta les mains en riant de plaisir.

Plus aucun ingrédient ne manquait ! Il allait pouvoir la réaliser, sa recette ! Il se leva d'un bond, fit quelques pas dans la chambre et perdit brusquement toute sa superbe en repensant à la bague. C'était le gros morceau, cette bague au chaton nu ! Et il fallait absolument une bague en or blanc, en plus ! Il n'avait décidément pas le cœur d'emprunter celle de tante Véronique. Si la recette tournait mal, la bague serait perdue, et Marie aurait du chagrin. Il décida de soumettre ce problème de bague à Bonaventure dès le lendemain matin. Peut-être que lui aurait une bague, ou une idée. Théophile n'avait ni l'une ni l'autre, et il était fatigué. Il se déshabilla en éparpillant ses vêtements aux quatre coins de la chambre, enfila son pyjama rouge et se glissa entre les draps tout en éteignant la lampe. L'instant d'après, il dormait profondément.

# 3
# Quatre gouttes de mercure liquide

LE lendemain matin, Bonaventure eut la désagréable surprise d'être envoyé au tableau pendant le cours de français. Il recopia en grandes lettres les phrases que Théophile lui avait dictées par téléphone la veille au soir, et madame Perdoncin, dont la naïveté faisait le charme, commença par le féliciter de ses progrès. Mais par une de ces fantaisies dont elle était coutumière, elle lui demanda tout à coup d'approfondir l'exercice devant le reste de la classe, afin que chacun comprenne bien les mécanismes de l'accord des participes passés !... S'ensuivit un pénible quart d'heure, où Bonaventure s'emberlificota dans les auxiliaires et les compléments directs d'objet, au désespoir de Théophile qui articulait des réponses depuis le premier rang. Finalement, Bonaventure expliqua qu'il avait très bien su faire l'exercice, et que les réponses lui étaient venues naturellement, mais qu'il ne se trouvait pas en mesure de les commenter devant ses camarades, à cause du trac qui brouille les idées et fait qu'on ne comprend plus rien aux choses les plus simples. Il accordait les participes comme une poule pond des œufs, d'instinct et sans rien y comprendre, voilà tout ! Madame Perdoncin trouva charmante cette image, et en profita pour expliquer à la classe la différence entre une métaphore et une comparaison. Puis elle renvoya Bonaventure à sa place et demanda qu'une bonne âme veuille bien reprendre la démonstration là où elle s'était arrêtée, c'est-à-dire au début. Théophile se porta aussitôt volontaire, ce qui soulagea tout le monde.

## Quatre gouttes de mercure liquide

À l'intercours, il alla trouver Bonaventure à son pupitre près de la fenêtre, et il s'installa à côté de lui en disant :

— Je vais avoir besoin de toi, Bonav'... Je m'apprête à tenter un truc risqué...

— Quel genre de truc ?

— Il faut que j'aille faire un tour en salle de chimie, à la récré de dix heures. J'ai besoin de quatre gouttes de mercure liquide...

— Tu comptes les voler ?

— Pas les voler, les emprunter, nuance...

— Oui, mais tu ne les rendras pas...

— Si la recette réussit, une grande flamme verte dissoudra tous les ingrédients, et je ne pourrai pas les rendre, en effet. Mais si ça rate, je les récupérerai dans un filtre à café, et j'irai les remettre à leur place dans la bouteille du labo. Juré-craché...

— Et tu as besoin de moi pour quoi ?

— Pour faire le guet, le temps que je me faufile dans le labo.

Bonaventure secoua ses tresses et répliqua posément :

— Je ne marche pas. Vois ça avec Chaboud.

— Mais que veux-tu que je fasse avec Chaboud ? Il a des nerfs de fille ! Il me claquera dans les pattes...

— J'ai la poisse, Théo ! Perdoncin m'est tombée dessus de grand matin. C'est signe que la journée sera mauvaise ! Si je bouge une oreille, je n'arriverai pas indemne à la sortie de midi.

— Tous les risques seront pour moi. Tu resteras dehors, à manger ton pain au chocolat. Si Van Effenterre rapplique, tu siffles ! Deux coups brefs... Je m'échapperai par la porte qui donne sur le couloir, et je monterai directement dans les classes...

— Et si Van Effenterre me demande pourquoi je siffle ?

— Tu lui diras que tu as aperçu un merle dans le buis, ou que tu répètes un air que tu dois jouer ce soir au Conservatoire. Enfin, tu trouveras quelque chose. Pour le baratin, je te fais confiance. Je t'ai vu à l'œuvre au tableau. Le coup de la poule, il fallait oser...

Bonaventure baissa la tête et laissa tomber ses tresses sur son visage. Un instant plus tard, il les en écarta d'un revers de main en disant :

## Quatre gouttes de mercure liquide

— Bon, d'accord, je marche ! Mais à une condition...
— Laquelle ?
— Cet après-midi, on patine ! On saute le banc, vieilles dames ou pas ! Et on sème la terreur chez les pigeons ! Tu es partant ?
— Oui, répondit Théophile en pensant aux cinquante fientes fraîches dont il avait besoin pour la recette. J'allais même te le proposer.

Il leur fallut endurer une heure de mathématiques avant que la récréation ne sonne. Ces soixante minutes mirent Théophile au supplice. Il ne comprenait rien aux fractions, et les identités remarquables lui donnaient la migraine. Comment pouvait-on perdre son temps à ces choses, et s'y intéresser pour de bon, lorsque tant de bons livres restaient à découvrir sur les rayonnages des bibliothèques ? Il crayonna des perruches et des lapins dans la marge de son cahier de brouillon, tandis que Bonaventure, matheux de naissance, se distinguait en faisant d'excellentes réponses. Dès le premier tintement de sonnette Théophile se leva, prit ses affaires et courut vers la porte. Monsieur Griénez, qui achevait de copier au tableau l'énoncé de l'exercice à faire à la maison, se retourna aussitôt vers lui pour le foudroyer du regard. La nature l'avait doté d'une paire d'yeux minces d'un bleu très pâle, qui ne cillait jamais, et dont il se servait pour fasciner sa proie, comme le python Kaa dans *le Livre de la Jungle*. Théophile, hypnotisé, revint s'asseoir à sa place et sortit son cahier de brouillon. Il recopia soigneusement l'énoncé de l'exercice, et attendit que tout le monde se soit levé pour sortir à son tour, en queue de cortège, au pas lent des pénitents.

Dehors, il faisait beau. Le soleil éclairait avec beaucoup de grâce les feuilles vertes des marronniers et la houle rouge des lierres festonnant les arches du préau. Les deux amis allèrent s'asseoir sur un banc dans le jardinet attenant à la salle de chimie. Les fenêtres du laboratoire donnaient sur des plates-bandes fleuries, et à leur gauche de lourdes grappes de lilas s'écroulaient en ensevelissant un muret de pierres sèches. Théophile jeta un regard par la fenêtre pour s'assurer que la voie était libre, puis il se leva en disant à Bonaventure :

— Poste-toi près de la porte et ouvre l'œil. Si

## Quatre gouttes de mercure liquide

Van Effenterre ou qui que se soit se pointe, tu siffles ! Ok ?

— D'accord. Mais fais vite ! La récréation ne dure que dix minutes...

Théophile jeta un dernier regard en direction du préau, puis il disparut dans le bâtiment. Il entra sans bruit dans la salle de classe, et la traversa à pas de loup en essayant de ne pas faire craquer les lames disjointes du vieux parquet. Jamais il n'avait vu de classe si calme. Les fenêtres sans rideaux laissaient entrer de grands pans de soleil, où brillaient des grains de poussière dorée. L'air tiède sentait le vieux bois et la poudre de craie. Dans une grande armoire vitrée couvrant toute la longueur du mur au fond de la salle, on voyait des oiseaux empaillés, des fossiles et des ténias dans des bocaux de formol. Théophile entra dans le petit laboratoire attenant à la salle de classe, et ouvrit une armoire métallique. Il empoigna à deux mains la lourde bouteille de mercure liquide, et la posa sur le plan de travail carrelé de blanc. Puis, avec un sang froid de cambrioleur professionnel, il prit dans la poche de son sac à dos une petite fiole de verre blanc qui empestait l'eau de toilette au Glaïeul. Il la déboucha, et avec d'infinies précautions il y versa les quatre gouttes de mercure liquide. Mais la bouteille était instable, à cause du poids du mercure qui s'y déplaçait par à-coups. À peine l'eut-il inclinée qu'un flot de métal liquide noya la petite fiole de verre et coula sur ses mains. Un soleil d'acier liquide explosa par terre, et mille petites billes tremblantes roulèrent sous les meubles.

— Merde, chuchota Théophile. C'est bien ma veine...

Il essaya de rassembler les billes éparpillées sur le plancher, mais elles lui filaient entre les doigts comme des gouttes d'eau. Pris de panique, il reboucha la bouteille et la reposa à sa place dans l'armoire métallique. Le niveau avait baissé de moitié ! Une vraie catastrophe ! Il mit la fiole de verre dans sa poche et sortit de la classe sans demander son reste.

Bonaventure fut soulagé de le voir reparaître sur le seuil.

— Alors ? interrogea-t-il. Tu l'as ?

— Je l'ai. Mais je m'y suis pris comme un manche ! J'ai mis du mercure liquide partout !

QUATRE GOUTTES DE MERCURE LIQUIDE

Bonaventure siffla entre ses dents et demanda :
— Où ça, partout ? Sur les instruments de mesure ?
— Non, par terre. J'ai essayé de le ramasser, mais pas moyen. C'est traître, ces petites billes. Ça se faufile dans les interstices du parquet...
— Quand Van Effenterre trouvera son mercure par terre, ça risque d'aller très mal. Ce n'est pas un rigolo, Van Effenterre. Viens, ne restons pas là.
Ils battirent prudemment en retraite vers le préau.

À la sortie de midi, Théophile prit Bonaventure à part et lui montra la petite fiole de verre blanc pleine de mercure. Bonaventure l'examina avec attention, puis la rendit à Théophile en disant :
— C'est marrant, ce truc. Enfermé comme ça dans une petite bouteille ronde, ça ressemble à une tige de métal. On croirait que tu as mis sous verre un beau clou tout neuf.
— J'aurais préféré avoir à mettre un clou en bouteille, crois-moi. Le mercure, ce n'est pas facile à transvaser. Ça reste collé au fond de la bouteille, tu l'inclines, tu l'inclines, et plaf ! tout vient d'un coup !

— Et tu te retrouves avec du mercure plein les chaussettes !

— Oui. Et plein le plancher, surtout. Enfin, je l'ai repoussé sous l'armoire du mieux que j'ai pu, avec mon pied.

— Pense à te laver les mains avant de te mettre à table, ce midi. J'ai lu quelque part que c'était un métal très toxique, qui provoque une maladie appelée Hdragyrisme.

— Je sais ! répliqua Théophile en frottant ses mains sur son pantalon. Tu deviens vert comme un lézard et tu perds toutes tes dents !... Mais ne t'inquiète pas, je me savonnerai les mains deux fois plutôt qu'une. Bon, il faut que j'y aille, Bonav'. J'ai une course à faire.

— Où ça ?

— Chez le chinois de l'impasse de Grenette. Je dois acheter un œuf punais.

— Un œuf comment ?

— Un œuf punais. Pourri, quoi ! C'est pour la recette...

— Des œufs pourris, tu n'en trouveras pas chez monsieur Wou Han. C'est un commerçant honnête, il ne vend pas de mets avariés. Ma mère

## Quatre gouttes de mercure liquide

lui achète parfois des Nems, ou des rouleaux de printemps. Ils sont toujours de première fraîcheur...

Théophile haussa les épaules.

— L'œuf pourri est une spécialité des chinois. Un truc qu'ils mangent par gourmandise... Enfin quoi, tout le monde sait ça !

Bonaventure secoua ses tresses et répliqua simplement :

— Si c'est une spécialité, alors peut-être qu'il en vend. Mais je n'en ai jamais entendu parler.

Il rajusta son sac à dos de toile verte et rouge sur son dos, puis ramena ses longues tresses derrières ses oreilles avant d'ajouter :

— Bon. Tu passes chez moi à quelle heure, pour le roller ?

— Vers quatorze heures, quatorze heures trente...

— Ça marche. À cet aprèm', Théo.

Les deux compères se claquèrent la paume, entrechoquèrent leur poing et se serrèrent la main, sous le regard attentif d'un monsieur qui se tenait de l'autre côté de la rue et les observait depuis un moment déjà par-dessus son journal. Ce monsieur bien habillé suivit des yeux Théophile qui s'éloignait vers la rue du Chardonnet. Puis il replia soigneusement son journal, se gratta le menton du bout de ses longs ongles noirs, et se dirigea vers une grande voiture de maître garée au coin de la rue.

# 4
# Un œuf punais

THÉOPHILE entra dans la boutique de monsieur Wou Han en franchissant un rideau de perles de bois. Une délicate odeur de riz parfumé lui charma aussitôt les narines, et il s'avança entre les rayonnages chargés de boîtes bigarrées, en examinant avec curiosité les sachets de fines nouilles translucides et les bocaux de nougats au gingembre. Il trouva belles les laques rouges des étagères, sur lesquelles brillaient des empilements de poissons plats et secs, diamantés de cristaux de sel. Des guirlandes de petits champignons noirs pendaient du plafond, répandant au moindre courant d'air une odeur toute à la fois entêtante et douceâtre. Théophile s'approcha du comptoir, et jeta un coup d'œil aux pâtisseries présentées dans des caisses plates tapissées de papier. Il y avait là des boules d'or à la frangipane, des beignets d'acacias parfumés au miel, et de bizarres petits cubes de pâte verte et rose, coiffés chacun d'une amande effilée. Comme Théophile percevait l'écho assourdi d'une conversation dans l'arrière-boutique, il toussota. La conversation cessa aussitôt et monsieur Wou Han parut, élégant et bronzé, en chemisette blanche et pantalon de velours sombre.

— Bonjour, mon garçon, lança-t-il avec un aimable sourire. Que puis-je pour toi ?

Théophile hésita. Il n'était plus très sûr d'avoir frappé à la bonne porte. Ce monsieur n'allait-il pas se vexer qu'on le prenne pour un marchand d'œufs pourris ? Son magasin sentait si bon...

— Hé bien voilà. Je... Je suis à la recherche d'un œuf...

— Je ne vends pas d'œuf, mon petit. Mais tu en trouveras à quatre pas d'ici, à la superette...

## Un œuf punet

— C'est-à-dire que je recherche un œuf d'un genre bien spécial...
— Un œuf de quoi ? de canne ? de dinde ?
— Non, de poule. Mais je le voudrais un peu vieux, et même franchement pourri... En réalité, j'ai besoin d'un œuf punais !
Monsieur Wou Han eut un imperceptible froncement de sourcils.
— Qui t'a raconté que je vendais des œufs pourris ? Fou Tcheou, mon concurrent du boulevard Ledru Rollin ?
— Pas du tout... Mais il me semblait avoir lu quelque part que les chinois... Enfin, je pensais que...
— Que nous mangions des œufs pourris ? Tu pensais que les chinois se régalent d'œufs punais, c'est bien ça ?
Il fit un pas vers Théophile, qui recula d'autant.
— Hé bien non, mon jeune ami ! Nous ne mangeons pas d'œufs pourris, ni de cervelle de singe, ni de crotte de chauve-souris ! Ce midi, je vais manger une salade de tomates et une escalope de veau avec de petites pommes de terre sautées ! Et au dessert, j'ouvrirai une boîte de litchis au sirop. Voilà

ce que c'est, le menu d'un chinois ! Tu vois qu'au fond, nous sommes des gens comme les autres...

— Je... Je n'en doutais pas... bredouilla Théophile, très ennuyé. Je pensais simplement que comme les traditions culinaires varient d'un pays à l'autre, j'avais peut-être une chance de trouver chez vous mon œuf. N'en parlons plus...

— Parlons-en, au contraire. Pourquoi veux-tu donc acheter un œuf avarié ?

— Pour faire une blague à un camarade, improvisa Théophile. Je briserai l'œuf sous son pupitre, et ça sentira très mauvais. Un peu comme une boule puante, mais en pire.

— Prends garde d'être toi aussi asphyxié par les vapeurs de cet œuf que tu destines à ton ami, fit monsieur Wou Han énigmatique. Maintenant excuse-moi, j'ai du travail. Bonne journée, mon garçon.

Il le salua d'un bref hochement de tête et disparut dans l'arrière boutique. Théophile haussa les épaules et s'éloigna vers le rideau de perle, la tête basse et le cœur gros. Il n'avait pas son œuf punais ! Tout était perdu.

## Un œuf punais

Il était si absorbé dans sa déception qu'il ne vit pas, sur le seuil de la boutique de monsieur Wou Han, un inconnu bien habillé qui le regardait s'éloigner en souriant. Ce monsieur, qui avait les ongles fort longs et fort noirs, pénétra dans la boutique et sortit de sa poche quatre billets de cinq cents francs. Il les tendit à monsieur Wou Han en lui disant d'une voix étrangement métallique :

— Je suis content de vous, monsieur Wou Han. Vous avez joué votre petite comédie avec un parfait naturel...

— Je suis à vos ordres, monsieur Arkandias. Que dois-je faire des œufs qui me restent ?

— Enveloppez-les, et faites-les déposer à l'adresse que vous connaissez. Je ne puis pas m'attarder. Je dois suivre ce jeune impertinent, et découvrir où il habite. À bientôt, cher ami. Je ne vous serre pas la main, pour la raison que vous savez...

— Oui. À cause des ongles... Mes respects, monsieur Arkandias. Au plaisir.

Le monsieur bien habillé s'éloigna sur le trottoir.

À midi, Théophile déjeuna avec Marie. Elle avait préparé une entrée de radis artistement découpés et tortillés en fleurs, des cardons à la moëlle et des escalopes panées. Au dessert, elle sortit du four une tarte aux myrtilles qui parfuma d'un seul coup toute la cuisine. Théophile mit un point d'honneur à ne pas penser à son œuf. Il ne voulait pas remuer ce souci devant sa mère, à qui rien n'échappait. Il fit honneur à la tarte, puis débarrassa la table. Marie se prépara une tasse de café et alluma une cigarette en disant :

— C'est ma première de la journée. Je ne devrais pas la fumer devant toi, ça risque de t'empoisonner. Si la fumée te dérange, ou si la gorge te pique, ou si tu as envie de tousser, dis-le moi. Je sortirai fumer dans le jardin.

Théophile rassura sa mère, mais elle alla tout de même ouvrir la fenêtre. Elle fuma sa cigarette debout contre l'évier, en rejetant ses bouffées vers le jardin. Après avoir passé un rapide coup d'éponge sur la toile cirée, Théophile monta chercher ses patins dans sa chambre. Il accorda deux pincées de daphnies à Pacôme, et le regarda tourner joyeusement dans son bocal. Pour lui être agréable, Pacôme nageait comme un dauphin. Il progressait de côté en poussant l'eau avec sa nageoire pectorale, et se gargarisait à petits bruits en faisant la planche à la surface de son bocal. Théophile le regarda s'ébattre un moment. Mais les pitreries du poisson rouge ne parvenaient pas à le faire sourire : Il pensait à son œuf, cet œuf punais dont l'absence risquait de tout compromettre. Il laça ses rollers et descendit l'escalier avec précaution. Marie avait passé un tablier de jardinier mauve, et elle faisait la vaisselle en fredonnant une chanson. Théophile vint l'embrasser. Il n'eut pas à se hausser sur la pointe des pieds, car avec ses patins il était à la bonne hauteur.

— Tu patines où, cet après-midi ? À Sainte Clothilde ?

— Oui, m'man. Avec Bonav'. Je risque de ne pas rentrer tôt…

— Essaye d'être là vers six heures. Je te rappelle que nous mangeons chez Catherine, ce soir.

— Oh non ! Encore ! On est toujours fourré là-bas !

— Nous n'avons pas vu les Montmayeul depuis deux mois. Si c'est ce que tu appelles être toujours fourré chez eux...

— C'est que le temps passe vite, quand je ne les vois pas.

— Heureusement que Catherine n'entend pas ça. Elle en aurait une syncope. Quoi qu'il en soit, je me suis engagée auprès d'eux, et il n'est pas question que nous nous désistions. Sois là à six heures, Théophile. À tout à l'heure, mon cœur.

Théophile alla prendre son blouson au portemanteau, et il sortit en bougonnant.

Un moment plus tard, il entrait en trombe dans l'allée du jardin Sainte Clothilde. Il obliqua vers la fontaine, décrivit une large courbe et vint freiner pile devant Bonaventure, qui l'attendait depuis dix minutes environ, en mâchant de la gomme assis dans l'herbe.

— Alors Théo ? lança-t-il gaiement. Cet œuf pourri ? Tu l'as ?

Pour toute réponse, Théophile haussa les épaules. Il se laissa tomber dans l'herbe près de son ami, qui salua sa chute en soufflant un gros ballon rose.

## Un œuf punet

— Tu veux un chouing, Théo ?
— Oui, s'il te plaît. Ça me détendra.
— Tiens ! Ce sont des *Monkey Stranglers*, goût dentifrice. Un truc extra qui vient d'Amérique. Tu m'en diras des nouvelles.

Théophile mâcha pensivement sa gomme, fit une grosse bulle, la croqua et confia tristement :

— Le chinois de l'impasse de Grenette ne vend pas d'œufs punais. Tu avais raison. Nous sommes perdus...

— Mais non, voyons ! lança joyeusement Bonaventure. Rien n'est jamais désespéré... Pour ce qui est de ton œuf, j'ai une idée.

— Vraiment ?!

— Oui. Je vais te raconter une anecdote que je n'ai jamais dite à personne. Un jour que nous avions de la famille à la maison, ma mère décide de faire une omelette pour le repas de midi. Elle ouvre son frigo : plus d'œufs ! Elle me dit : «Boubou, descend à l'épicerie me chercher une douzaine d'œufs... » Et elle me donne le porte-monnaie. Je descends, et je trouve l'épicerie fermée. Alors je vais un peu plus loin, chez Lavigne, où on ne va jamais d'habitude, parce qu'il n'aime pas les noirs. Bon. J'entre, je dis bonjour, il ne me répond pas. Je demande une douzaine d'œufs, il sourit, et il disparaît dans son arrière-boutique. Il revient un moment plus tard, avec à la main une boîte poussiéreuse. Je paie, je rentre chez moi et ma mère ouvre la boîte. Elle met à fondre un morceau de beurre dans la poêle, elle prend le premier œuf, elle se retourne vers nous et elle nous dit : « Il est bizarre, cet œuf. Il est léger... » Elle le casse sur le bord de la poêle, et alors là...

— Alors là quoi ?

— Une odeur, mon vieux ! Horrible ! Atroce ! Infecte ! On est tous sorti de la cuisine en courant, comme la fois ou Sébastien Paturel avait lancé un jet de bombe lacrymogène en classe de dessin. Mais l'odeur nous a suivis dans le couloir et on a dû évacuer l'appartement. Pour finir, mon père s'est mis un torchon sur le nez et il a rampé jusqu'à la fenêtre pour l'ouvrir et faire un courant d'air. Ce salopard de Lavigne nous avait vendu des œufs punais !...

— Vous êtes retourné le voir, histoire de vous expliquer avec lui ?

— À quoi bon faire des histoires ? On a jeté les œufs et on a mangé des pâtes.

— Vous êtes trop gentils. Avec ce genre de types, il ne faut pas se laisser faire... Moi, je lui aurais foutu un pavé dans sa vitrine !

Il se dressa tout à coup, au comble de l'indignation et s'écria :

— Et si on y allait ? Il n'est jamais trop tard pour bien faire... On passe à fond de train en rollers, et on lui jette un gros caillou dans sa devanture. Ça lui fera les pieds, non ?

— Le coup du pavé, j'y ai pensé avant toi. Mais je suis connu dans le quartier. Ma mère risquerait d'avoir des ennuis...

— Si tu veux, je le fais tout seul ! Ou alors on se camoufle comme les commandos, avec des cagoules et des lunettes de soleil...

— Non, laisse tomber. Les morceaux de verre pourraient blesser des passants, ou des clients de la boutique. J'ai une autre idée...

— Dis toujours !

— Il te faut un œuf pourri, pas vrai ? Alors voilà ce qu'on peut faire. On entre dans l'épicerie, je demande une douzaine d'œufs, j'en sors un de la boîte et je te le donne. Puis je casse les onze autres sur la caisse enregistreuse, et on se taille en fermant la porte. Avec un peu de chance, Lavigne meurt asphyxié !

— Génial. On y va tout de suite. C'est loin d'ici ?

— À cinq minutes à peine, en patins.

Ils firent halte à l'angle de la rue Fontaine Saint-Martin pour mettre au point leur plan.

— Je pense tout à coup à un truc, chuchota Théophile. Et si il te vendait des œufs frais, ce coup-ci ! On aurait l'air bête. Ça foutrait tout par terre...

— Quand je sortirai le premier œuf de sa boîte, je verrai bien s'il est léger ou non. Si je te fais un clin d'œil, c'est qu'il est léger, donc punais.

— À ce moment-là moi je me recule, et mine de rien, j'entrouvre la porte, histoire de faciliter notre sortie...

— Avant de reculer vers la porte, attends que je t'ai passé l'œuf. Puis tiens la porte grande ouverte, c'est préférable. On aura un sacré sprint à piquer, tu sais. Tu te sens prêt ?

## Un œuf punais

— Fin prêt, fit Théophile en se massant les cuisses. Je partirai comme une balle.

Ils poussèrent la porte de la boutique et s'avancèrent vers le comptoir, où trônait une caisse enregistreuse à affichage digital bleuté. Monsieur Lavigne était au téléphone. Il ne répondit pas au bonjour poli que les deux jeunes gens lui adressèrent, mais en voyant leurs pieds chaussés de patins il aboya :

— Pas de patins dans ma boutique, les mômes ! Vous allez me rayer les carreaux !

— C'est des roues en caoutchouc, m'sieur, répliqua Bonaventure en souriant aimablement. Ça ne risque rien. Et puis on en a pour une minute, je n'ai besoin que d'une douzaine d'œufs...

Monsieur Lavigne raccrocha son combiné.

— Une douzaine d'œufs ? Tiens tiens... Ne bouge pas, j'ai ce qu'il te faut.

Il disparut dans son arrière boutique, et Bonaventure se tourna vers Théophile pour murmurer :

— Ça marche ! Il mord à l'hameçon...

Monsieur Lavigne reparut, l'air content de lui, une boîte alvéolée à la main.

— Tiens ! fit-il en tendant la boîte à Bonaventure. C'est de l'extra frais ! Tu m'en diras des nouvelles...

Bonaventure sortit un œuf de la boîte alvéolée bleue, et il le soupesa discrètement. Puis il se tourna de nouveau vers Théophile et il lui cligna de l'œil. Théophile roula jusqu'à son camarade et prit l'œuf avec précaution. Il revint ensuite vers la porte et l'ouvrit toute grande. Enfin, il se positionna de trois quarts et orienta ses patins vers le trottoir. Il était prêt..

— Eh, toi ! Le petit blond ! s'écria monsieur Lavigne. Tu rentres ou tu sors ?

— Ni l'un ni l'autre, m'sieur. J'hésite...

— Tu vas me faire le plaisir de rendre cet œuf que tu caches dans ta main, et de déguerpir d'ici tout de suite ! J'ai repéré ton petit manège, tu sais...

— Je ne peux pas vous rendre cet œuf, m'sieur. Mon ami m'en a fait cadeau...

— Mais tu te fiches de moi, ma parole ! Apporte cet œuf immédiatement, ou je vais le chercher.

## Un œuf punais

— Tenez, m'sieur ! fit Bonaventure qui jugeait le moment venu de passer à l'action. Ne vous donnez pas la peine d'aller le chercher. Je vous offre les onze qui restent...

Et d'un vif mouvement de poignet, il fit jaillir les onze œufs de leurs alvéoles. Les frêles coquilles se brisèrent sur le comptoir, et aussitôt une odeur abominable infecta les narines de Théophile. Lavigne enjamba son comptoir avec une agilité surprenante et tenta de saisir Bonaventure au collet. Ce dernier se dégagea d'un coup d'épaule et traversa le magasin à toute allure en hurlant :

— Fonce, Théo ! Fonce ! On a le gros père au train !

Les deux garçons prirent leur appel et sautèrent par dessus les cageots d'oranges. Lavigne tenta de se lancer à leur poursuite, mais quand il atteignit le trottoir il n'eut que le temps de les voir disparaître au coin de la rue, trente mètres plus loin.

Les deux fuyards achevèrent leur course folle au portillon du jardin Sainte Clothilde. Ils roulèrent à vitesse réduite jusqu'à la fontaine et tombèrent assis sur un banc. Bonaventure était hors d'haleine, et Théophile avait les joues rouges. Ils se turent pendant une longue minute afin de reprendre leur souffle, puis ils se regardèrent et éclatèrent de rire.

— Eh toi ! Le petit blond ! s'écria Bonaventure en contrefaisant la voix rogue de monsieur Lavigne. Tu rentres ou tu sors ?

— J'hésite, m'sieur ! répliqua Théophile d'une voix aiguë. J'attends que ça sente l'œuf pourri !

Et ils se remirent à rire en se tenant les côtes et en secouant les épaules. Ils ne tardèrent pas à avoir mal au ventre, et entre deux hoquets, Bonaventure, le visage congestionné, souffla :

— Pouce... Je n'en peux plus...

Théophile ouvrit la bouche pour essayer d'articuler quelque chose, mais il repensa à la phrase de son ami : « Fonce, Théo ! On a le gros père au train ! » et il repartit de plus belle, les deux mains posées sur son épigastre douloureux.

Enfin leur crise de fou-rire se calma. Bonaventure s'essuya les yeux avec un mouchoir, et Théophile regarda son œuf d'un air satisfait en disant :

— Je l'ai ! Je n'arrive pas à y croire... Quel bonheur !

— Tant mieux si tu es content. Moi, je me sens plus léger maintenant que j'ai pris ma revanche sur ce sale type ! Mais n'en parle à personne, Théo. Pas même à ma mère. Elle n'apprécierait pas du tout...

— T'inquiète. Je suis un tombeau. Bon, c'est pas tout ça, mais il faut qu'on s'occupe des fientes de pigeons ramiers.

Il emballa soigneusement son œuf dans du papier essuie-tout, et il le mit dans une boîte qu'il déposa au fond de son sac à dos.

Les deux jeunes gens passèrent une heure à sauter par dessus le banc et à retomber au milieu des pigeons, dont les envols claquaient comme des coups de tonnerre. Bonaventure en profita pour perfectionner son grand écart, et Théophile sa vrille. Quant au saut périlleux, les deux garçons en parlaient beaucoup mais n'osaient pas le tenter.

Un cercle d'admirateurs ne tarda pas à se former autour des deux jeunes virtuoses. Bonaventure avait noué ses tresses sur sa nuque avec un foulard, et il pirouettait avec beaucoup de sérieux sans jamais sourire, car le patin était pour lui une chose sérieuse. Théophile, plus détendu, faisait des grimaces et s'amusait à retomber très près des spectateurs du premier rang. Il finit même par tomber parmi eux, après une prise d'appel manquée, et il culbuta un gros monsieur qui se trouvait là et n'avait rien vu venir. Le gros monsieur roula dans l'herbe cul par dessus tête, et resta un moment allongé dans les jacinthes. Théophile crut qu'il l'avait tué. Il s'avança pour lui tâter le pouls et lui desserrer la cravate, comme le conseillent les manuels de secourisme, mais le monsieur étonna tout le monde en se redressant d'un bond et en s'écriant, guilleret :

— Je n'ai rien ! Je faisais Zazen dans les fleurs…

Bonaventure pensa aussitôt que ce malheureux avait perdu la raison en heurtant le sol avec sa tête. Mais le monsieur ajouta :

— Je suis professeur de judo, et je tombe environ deux cents fois par jour. Reprenez le spectacle, jeunes gens ! Ne vous faites pas de souci pour moi.

Ils reprirent donc leur démonstration, au milieu d'un cercle spontanément élargi, et ce n'est que vers trois heures et demie qu'ils prirent congé de la foule et du sympathique judoka. La baraque à frites n'allait plus tarder à ouvrir. Il était temps de récolter les fientes. Théophile grimpa sur le toit du petit édicule avec une boîte en plastique et une spatule en bois qu'il avait pris soin d'apporter dans son sac, cependant que Bonaventure se postait près de la fontaine pour faire le guet et prévenir toute incursion surprise du garde borgne. À genoux sur les rondins de bois, il cueillit les fientes fraîches en les comptant à haute voix. Sa récolte faite, il redescendit dans l'herbe et mit sa boîte hermétiquement bouchée dans son sac à dos de cuir noir.

— Viens, Bonav' ! lança-t-il en ajustant les bretelles du sac sur ses épaules Ne perdons pas de temps. On a encore beaucoup à faire...

— Comment ça ? Tu as ton œuf ? Tu as tes fientes ? Que te faut-il de plus ?

— Un dé à coudre de sang de poule noire !

— Mais c'est dégoûtant ! Où comptes-tu trouver ça ?

— Le dé à coudre, je l'ai dans ma poche. Et pour le sang, j'ai mon idée...

## Un œuf punais

— En tout cas, ne compte pas sur moi pour maltraiter un animal ! Les poules, moi, je les aime.

— Moi aussi, je les aime. Surtout cuites à point. C'est pourquoi on va aller faire un tour à la rôtisserie de la rue Berthelot...

— Je n'aime pas quand tu plaisantes comme ça, Théo ! Ça t'amuse, qu'on rôtisse les poules ?

— Pas spécialement. Mais j'aime manger le poulet, avec des frites et beaucoup de moutarde. Et toi-même, quand on va au Macdo, tu prends souvent des beignets au poulet... Alors ?

Bonaventure haussa les épaules et bougonna simplement :

— Alors rien ! Le monde est mal fichu, c'est tout.

# 5
# Un dé à coudre
# de sang de poule noire

L A rôtisserie du Chapon Blanc faisait l'angle de la rue Berthelot et du boulevard Paul Cézanne. Ses hautes vitrines enluminées de dorures laissaient entrevoir de grandes corbeilles en osier pleines de produits de luxe : boîtes de foies gras, conserves artisanales de cassoulet à la graisse d'oie, petits pots de caviar, vins fins. À toute heure de la journée, d'infortunées volailles tournaient sur des broches dans un genre de gril électrique vitré qui occupait toute la largeur du trottoir. À lui seul, ce gril assurait la publicité de la boutique. Les tendres volailles fondant en délice devant les résistances électriques exhalaient en effet un fumet divin qui profitait du moindre courant d'air pour remonter le boulevard et affamer les riverains et les passants. Le boulanger cessait tout à coup de pétrir et se léchait les moustaches en pensant au repas de midi. Puis, un peu plus loin, la fleuriste portait sa main à son ventre en faisant une petite grimace, et à l'angle du cours Gambetta le cordonnier crachait dans une bottine de cuir son mégot brusquement insalivé.

Théophile et Bonaventure hésitèrent un moment devant ce magasin qui leur faisait forte impression. N'allait-on pas les éconduire comme des malpropres ? La vitrine portait en grandes lettres blanches la mention : *Volailles fermières élevées au grain.*

— Tu vois, fit observer Théophile. Ça, c'est bon pour nous... Ça veut dire que le traiteur va chercher ses volailles directement dans les fermes avoisinantes, et qu'il les plume dans son arrière-boutique...

— Quelle importance, qu'il les plume ici plutôt qu'ailleurs ? Ce n'est pas de plumes que tu as

## Un dé à coudre de sang de poule noire

besoin, mais de sang...

— Ballot ! Comment reconnaîtrai-je une poule noire, si elle est plumée ? J'ai besoin qu'elle ne le soit pas, tu comprends ?

— C'est juste. Je n'avais pas pensé à ça...

Théophile donna un léger coup de coude à Bonaventure en lui disant :

— On y va ?

— Vas-y tout seul. Je t'attends dehors. Je ne tiens pas à te voir saigner une poule, même morte.

— Comme tu voudras.

Théophile entra dans la boutique et s'avança timidement vers un monsieur en blouse blanche, qui était occupé à coller des étiquettes sur des boîtes de pâté de grive. Il travaillait avec application, en tirant un bout de langue pour s'aider à coller droit. Théophile s'approcha de lui et toussota afin de signaler sa présence. Le monsieur tourna la tête et demanda :

— Que veux-tu, mon garçon ?

— Eh bien voilà... bredouilla Théophile. Je sais bien que ça va vous paraître bizarre, mais j'aurais besoin d'un peu de sang de poule noire...

Le monsieur fronça les sourcils et se pencha

vers le jeune garçon en tendant l'oreille et en demandant :
— Comment ? Je n'ai pas bien compris... Que veux-tu ?
— Du sang de poule noire. Je vous le paierai, naturellement...
— Du sang de poule noire ? ! Mais que vas-tu en faire ? Du boudin ?
Théophile eut un sourire.
— C'est pour l'école. On va l'étudier au microscope, et le comparer à du sang de poule blanche... Compter les globules, chercher les maladies... Comme à la clinique, en somme.
— Alors ça, ce n'est pas banal ! Et il t'en faut beaucoup ?
— Quelques gouttes. La valeur d'un dé à coudre, environ...
— Suis-moi dans l'arrière-boutique. On va voir ce qu'on peut faire...
Le traiteur précéda Théophile dans le petit entrepôt climatisé attenant à sa boutique. Il alla ouvrir la porte de la chambre froide et pénétra dans ce grand réfrigérateur sombre. Théophile repensa à ce que sa mère lui avait dit autrefois, à propos des frigos. Il ne

fallait jamais s'y enfermer, même pour jouer à cache-cache. Mais le monsieur était avec lui, et de plus il y avait une poignée à l'intérieur de la porte. Il s'engagea donc dans la chambre d'un pas résolu. Le traiteur tâtonna pour trouver l'interrupteur, et on entendit le clic des néons. Une faible lueur tomba du plafonnier, et Théophile recula d'un pas, frappé d'horreur : dans de grandes cuves de plastiques gris s'amoncelaient des cadavres de poules fraîchement égorgées. Il y en avait de toutes les couleurs ; des rousses, des blanches, des noires... Des bicolores, même. Le monsieur attrapa une petite poule noire par les pattes et la tendit à Théophile en disant :

— Voilà ce qu'il te faut, petit. Celle-ci est encore tiède. On devrait pouvoir lui tirer un demi-verre de sang bien rouge.

Théophile devint tout pâle et recula en grimaçant de dégoût.

— Eh bien ! Qu'y a-t-il, mon garçon ? Tu m'as bien demandé du sang de poule noire ?

— Oui... Mais je ne me sens pas très bien dans ce frigo... Je vais sortir, si vous permettez. Je vous attendrai dehors.

— Comme tu voudras. Je te le mets dans quoi, ton sang ? Dans une boîte en plastique ?
— Si ce n'est pas trop vous demander, oui. Je veux bien.

Théophile alla se poster à l'entrée de la chambre froide, et pendant tout le temps que dura la dégoûtante opération il regarda ailleurs en essayant de penser à des choses joyeuses. Il s'était beaucoup amusé, aux dernières vacances de neige, avec Romain et Noémie. Dévaler tout schuss les pistes rouges, ça c'était agréable. Et manger de la raclette également, surtout lorsque l'on a bien faim après une journée de grand air, que les pommes de terres ne sont pas farineuses, et que le fromage fondu les imprègne bien. Ça valait le poulet-frites, au fond, une bonne raclette. Largement, même. Et le meurtre d'une pomme de terre était tout de même moins pathétique que celui d'une caquetante petite poule noire. Oui, mais il y avait le jambon. Et le jambon, c'était un espiègle petit cochon rose au groin humide. Un bébé cochon affolé tétant sa goutte. Décidément, on n'en sortait pas ! Au bout d'une longue minute, le traiteur éteignit enfin la lumière et sortit de la chambre froide. Il tendit à Théophile une boîte sanglante, et le raccompagna vers la lumière du magasin.

— Je vous dois combien, m'sieur ? demanda Théophile en portant sa main à sa poche.

— Rien, mon garçon, puisque c'est pour l'école... Tu as déjà bien du mérite de prendre sur ton samedi pour préparer tes leçons. Il ne manquerait plus que ça te coûte quelque chose.

Il était gentil, ce monsieur, et pourtant peu sensible au sort des poules. Cela donnait à penser. Théophile ne s'attarda cependant pas à creuser ce paradoxe. Il remercia le traiteur, mit la boîte dans son sac à dos et sortit du magasin. Il alla rejoindre Bonaventure, qui l'attendait assis sur une borne d'incendie quelques mètres plus loin.

— Alors ? Tu l'as ?

— Je l'ai, triompha Théophile en brandissant son sac.

Et il ajouta finement, montrant ses patins :

— Ça marche comme sur des roulettes...

— Ouarff ! pouffa Bonaventure. On ne me l'avait jamais faite, celle-là...

Un peu plus tard, les deux amis se séparèrent devant le portillon du jardin Sainte Clothilde.

Théophile passa ses doigts écartés dans ses cheveux, puis frotta ses jeans poudreux en disant :

— Demain matin, je passerai chez toi vers neuf heures. On ira à vélo à Montespan, chercher les ingrédients qui nous manquent.

— Montespan, ça fait une trotte ! Mais enfin, pourquoi pas... Maintenant qu'on est lancé, autant aller jusqu'au bout. Il nous manque quoi, au juste ?

— Du soufre, du salpêtre et une trompette des morts.

— Et la bague ? Tu l'as ?

Théophile se frappa le front du plat de la main.

— Mince ! La bague ! Ça m'était complètement sorti de la tête... Et justement je comptais t'en parler ce matin. Parce que là-dessus, je sèche ! Ma mère tient beaucoup à ses bijoux, tu comprends. Elle n'en a pas énormément, et...

— Je comprends. Moi, ma mère en a des pleins coffres ! Ce sont des bijoux fantaisie, naturellement. Mais dans le lot, il y en a quelques-uns qui sont en or. Si je lui emprunte une bague, elle n'y verra que du feu. Ma sœur lui pique sans arrêt des bracelets et des colliers... C'est quel genre de bague, déjà, qu'il faut ?

— Une bague en or blanc, avec un chaton nu...
— Ah oui, je me rappelle. Une bague sans pierre, quoi. Je devrais pouvoir trouver ça...
— Ce serait génial, Bonav' ! Pour le coup on le tiendrait, notre anneau d'invisibilité !

Ils se claquèrent la paume, entrechoquèrent leur poing et se serrèrent la main.

Théophile rentra chez lui en patinant lentement sur les trottoirs, au doux soleil de six heures du soir. Les roues de caoutchouc faisaient un bruit mat sur l'asphalte, et le jeune garçon sentait dans ses cuisses et dans ses reins la bienheureuse pesanteur de la fatigue physique. Comme il marquait un temps d'arrêt en attendant que le feu passe au vert pour les piétons à l'angle du boulevard Ledru Rollin, un monsieur s'avança vers lui et lui demanda l'heure. Il consulta sa montre et répondit aussitôt :

— Dix-huit heures passées de cinq minutes, m'sieur.

— Merci, mon garçon, fit le monsieur. Tu es bien aimable...

Il prit une pièce de dix francs dans son porte-monnaie et la tendit à Théophile en ajoutant :

— Tiens ! Prends ceci. Tu achèteras une friandise...
— Non merci, m'sieur. L'heure, ça se donne. Ça ne se vend pas...
— Allons mon garçon, insista le monsieur, accepte ce menu défraiement ! Tu me vexerais si tu refusais...

Pour avoir la paix, Théophile accepta cette pièce qui s'offrait à lui. Ce n'est qu'en la prenant des doigts du monsieur qu'il remarqua que ce dernier portait des gants. Des gants de cuir, au mois de mai ! Et par une si belle journée ! Il mit la pièce dans sa poche et examina un peu mieux ce monsieur, mais ne lui trouva pas d'autre bizarrerie que les gants. Le monsieur était bien habillé, coiffé à la perfection, et même très discrètement parfumé. Seule sa voix, peut-être, était un peu étrange. Une voix de métal, grave et sonore. Il ne put s'empêcher de demander :
— Excusez-moi, mais je suis intrigué par vos gants... Pourquoi en portez-vous aujourd'hui, alors qu'il fait si doux ?

Le monsieur eut un sourire.

— Je souffre de la maladie de Raynaud. J'ai froid aux mains en toutes saisons...

— Oh ! Excusez-moi, balbutia Théophile confus. Si j'avais su que vous étiez malade...

— Ne t'excuse pas, voyons ! On dit que la curiosité est un vilain défaut. Moi, je crois au contraire c'est une qualité. Être curieux, c'est vouloir connaître. Et quoi de plus fascinant que la connaissance ? N'est-ce pas, mon garçon ?

Il avait prononcé cette dernière phrase sur un ton allusif. Théophile se sentit tout à coup mal à l'aise.

— Je dois te parler, ajouta le monsieur en lui prenant le bras. J'ai des choses importantes à te dire...

— À moi ? Mais... Vous ne me connaissez pas !

— Je te connais mieux que tu ne crois. Je te suis depuis deux jours... J'avais laissé pour toi un petit billet dans le grimoire de magie rouge. Mais tu n'en as pas tenu compte...

À ces mots Théophile devint tout pâle, et ses jambes flageolèrent. Il recula de quelques pas sur ses patins en bredouillant :

— Vous... Vous êtes...

Le monsieur, qui s'amusait visiblement de le voir si défait, ôta ses gants de cuir et montra ses ongles noirs en disant :

— Je suis Agénor Arkandias, en effet. Je ne voulais pas me manifester à toi, mais tu es si entêté. Tu es parvenu à te procurer l'œuf, le sang de poule, et je t'ai vu tout à l'heure ramasser des fientes fraîches dans le jardin Sainte Clothilde. Je ne puis tout de même pas te laisser préparer la recette sans intervenir...

— Co... Comment avez-vous retrouvé ma trace ? Vous n'avez pas pu me suivre en ville ! J'avais mes patins !...

Le monsieur éclata de rire, en montrant de petites dents jaunies par le tabac.

— Mettons que j'ai moi aussi mes patins... Des patins d'un genre un peu spécial, naturellement.

Il voulut prendre de nouveau le bras de Théophile, mais ce dernier roula à reculons jusqu'au bord du trottoir.

— Ne sois pas stupide, mon garçon. Donne-moi ce que tu caches dans ton sac, et oublie ce que tu as vu. Il est dangereux de jouer avec le Grand Art... Tu n'es pas de taille...

## Un dé à coudre de sang de poule noire

— Si vous me touchez encore, je hurle ! Et je vous signale qu'il y a un policier au coin de la rue...

— Merci. Je l'avais remarqué. Cependant, un policier n'est pas grand chose... Donne-moi ce sac sans faire d'histoires... Ne m'oblige pas à te contraindre par la force...

Tout en prononçant ces paroles, le monsieur s'était avancé de quelques pas vers Théophile. Il fit soudain un geste brusque pour essayer de lui arracher son sac à dos. Mais Théophile esquiva cette attaque en se jetant de côté. Le monsieur bascula sur la jambe du jeune garçon et alla donner de la tête contre un réverbère. Il tomba assis par terre, et se prit le crâne à deux mains en grimaçant de douleur. Théophile l'enjamba et se mit à patiner à reculons en ondoyant des hanches. Il prit rapidement de la vitesse, pivota d'un bond en l'air pour se remettre dans le sens de la marche et disparut au coin de la rue des Tanneurs. De bonnes âmes voulurent porter secours à monsieur Arkandias. Mais ce dernier les écarta d'un geste rageur et se remit debout tout seul. Il brossa ses pantalons poudreux, enfila ses gants et s'éloigna d'un pas incertain, la tête pleine de cloches, le long du boulevard Ledru Rollin.

Aiguillonné par la peur, Théophile rentra chez lui en patinant à toutes jambes. Il renversa une poubelle rue Favre, fit un écart pour éviter deux avocats en robe qui sortaient du Palais de Justice, et dut sauter en catastrophe par-dessus un petit chien au débouché du passage Desfrançois. À sa vue, les passants se jetaient sur la chaussée ou dans des encoignures de porte. Un vieux monsieur essaya même de lui donner un coup de canne, mais fort heureusement il le rata.

Marie était en train d'étendre le linge dans le jardin quand elle eut la surprise de voir passer derrière la haie de troènes un éclair blond qui ressemblait à sa progéniture. L'éclair négocia son virage en évitant de justesse la borne à incendie, et un instant plus tard on entendit un grand bruit devant la maison. Marie lâcha aussitôt sa corbeille à linge et s'élança dans l'allée gravillonnée en criant :

— Théophile ! Est-ce que tout va bien ?

Elle le trouva assis parmi des pots de fleurs renversés, sur la première marche du perron.

— Tu es blessé ? demanda-t-elle en se laissant

## Un dé à coudre de sang de poule noire

tomber à genoux près de lui. Montre-moi tes mains ! Ouvre la bouche, fais voir tes dents. Est-ce que ta tête a cogné sur quelque chose ?

— Non m'man, bredouilla Théophile, honteux et un peu désorienté. Tout va bien. J'ai amorti le choc avec mes bras. Mais je ne sais pas comment j'ai fait mon compte pour rater ce virage…

— Tu arrivais à toute allure, comme si tu avais eu le diable aux trousses ! Et tu n'as pas ton casque, en plus ! Combien de fois devrai-je te répéter que le casque est indispensable quand on fait du patin ?

— Je le mets quand il fait froid. Mais quand il fait beau je transpire, et la jugulaire m'irrite le cou.

— Et alors ? Quelle importance ? Ne comprends-tu pas que si tu avais eu le malheur de tomber tête la première sur une marche, ton crâne se serait brisé comme une coquille d'œuf ?

Cette comparaison frappa Théophile, car il repensa brusquement à l'œuf punais qui était dans son sac à dos ! Et si par malheur il s'était brisé ? Ce serait affreux ! Une vraie catastrophe. Il baissa les yeux et prit une contenance navrée.

— Allons, fit sa mère qui le croyait touché par

les reproches qu'elle venait de lui faire, n'en parlons plus. Aide-moi à remettre d'aplomb ces pots de fleurs. Tu as fait un *strike*, comme au bowling ! Il n'y en a plus un seul debout...

Quand il eut fini de réordonner les pots sur les marches du perron, Théophile monta s'enfermer dans sa chambre. Il sortit du sac ses trois petites boîtes, et ouvrit tout de suite celle qui renfermait l'œuf punais. Grâce à Dieu, le précieux œuf était intact ! Les épaisseurs de papier essuie-tout l'avaient préservé du choc. Il vérifia les deux autres boîtes, celles qui contenaient le sang et les fientes, puis rangea le tout en sécurité dans le premier tiroir de son bureau, le seul qui fermait à clef.

Il descendit prendre le téléphone portable dans le salon et remonta s'allonger sur son lit.

— Allo Bonav' ? C'est moi, Théo. Il vient de m'arriver un truc incroyable, mon vieux ! J'ai été attaqué dans la rue.

— Par qui ? Par Lavigne ?

— Non, par Arkandias ! Le type à qui j'ai piqué la recette...

— Celui qui a les ongles noirs ?

— Tout juste ! Il est atroce. Il m'a abordé en faisant mine de me demander l'heure. Et d'un seul coup, il m'a sauté dessus pour m'arracher mon sac à dos ! Rien que d'en reparler, j'ai les cheveux qui se dressent sur la tête...

— Mais c'est incroyable, ça ! Comment a-t-il fait pour te retrouver ?

— Je ne sais pas ! Mais figure-toi qu'il nous a suivis tout l'après-midi !

— La vache ! C'est horrible ! Et dire qu'on ne s'est aperçu de rien... Il ne t'a pas suivi jusque chez toi, au moins ?

— Je ne crois pas. Je l'ai semé en piquant un sprint rue des Tanneurs ! Tu aurais vu ça... Bon, je te laisse, j'ai du boulot. Il faut que je répète toutes les phases de la recette, histoire de ne pas me louper demain soir. Au fait, j'ai un problème avec les centièmes d'heures. Je n'arrive pas à les convertir en minutes...

— C'est fastoche, pourtant ! Dicte-moi tes centièmes au téléphone, je te donnerai les conversions demain.

Théophile alla prendre sa recette dans le tiroir

du bureau, et il dicta en détachant bien les syllabes.

— J'ai pris bonne note, fit Bonaventure au terme de la dictée. Tu auras ça demain.

— Merci Bonav'. Essaye aussi de voir pour la bague, si tu peux.

— La bague, je l'ai. Une belle bague en or blanc, avec une perle. Je m'apprêtais à la démonter quand tu m'as appelé...

— Génial ! Bon allez, à demain neuf heures. Bonne soirée.

Il n'avait pas plus tôt raccroché que Marie lui cria depuis la cuisine :

— Tu es prêt, Théophile ? Tu n'as pas oublié que nous dînions chez Catherine, ce soir ?

C'était le coup de grâce ! Il venait de se faire agresser dans la rue, il avait fait une chute en patins, et maintenant il allait devoir se barber chez les Montmayeul ! Il ne se sentait pas le courage de passer une heure à table à décortiquer des écrevisses et à se barbouiller de sauce rouge. Il faudrait également endurer les félicitations de Catherine sur ses bons résultats scolaires, et subir le voisinage de Nina, une coquette de quatorze ans qui le regarderait en battant des cils et en prenant des poses. Que faire ? Prétexter des maux de tête ou une brusque douleur dans l'épaule pour échapper à la corvée ? Non, Marie pourrait s'inquiéter, et l'emmener passer des radios à l'hôpital. Et puis elle se faisait une telle joie à l'idée de dîner avec son amie qu'il pouvait bien faire un effort, après tout. Il ne cessait de lui mentir ces temps derniers. Ce petit sacrifice viendrait en déduction de sa culpabilité. Il résolut donc d'y aller mais d'adopter avec Nina une attitude froide et distante, en prenant au besoin un air dégoûté si d'aventure elle s'avisait de recommencer ses petits manèges ciliaires. Il n'eut pas lieu de regretter sa décision, car non seulement Nina passait la soirée chez une amie, mais de plus il mangea des frites, nourriture dépourvue de carapace, et une glace au miel et au nougat qui le réconcilia pour toujours avec Catherine Montmayeul.

Il passa le reste de la soirée à feuilleter des bandes dessinées dans la chambre de Nina. Elle en avait de pleins tiroirs. Il relut Astérix en Corse, et plusieurs vieux Tintin usés à la corde. Puis, comme il s'ennuyait un peu, il fureta de-ci de-là.

La chambre était vraiment affreuse, avec sa moquette rose et son papier peint assorti. Des poupées et des peluches gisaient pêle-mêle dans un fauteuil en rotin. C'est en soulevant une pile de vieux illustrés qu'il tomba par hasard sur un étrange petit carnet blanc scellé d'un cadenas doré. Il l'examina et eut la joie de constater qu'il s'agissait du journal intime de Nina ! Les confessions d'une petite coquette ! Voilà qui était intéressant ! Il força le cadenas avec une épingle à cheveux et lut en étouffant de rire. Dieu que cette fille pouvait être sotte ! Son journal n'était qu'un tissu d'idioties. À chaque page il était question de garçons bruns aux yeux bleus ou de garçons blonds aux yeux verts, et de « cœur qui battait plus vite », ou encore de « respiration qui s'accélérait... » On était bien loin de Stendhal ou de Chateaubriand. Mais il fut stupéfait de tomber sur un passage évoquant « un beau jeune homme aux yeux sombres et à la peau brune, qui a de magnifiques cheveux blonds vénitiens et qui s'appelle Théophile... » Rouge de confusion, il ferma le journal et le replaça où il l'avait pris.

# 6
# Un peu de soufre, du salpêtre et une trompette des morts

LE lendemain matin, Théophile fut réveillé par les cantiques de la messe dominicale. Une odeur de pain grillé montait de la cuisine. Il bailla longuement en serrant les poings, puis tâtonna vers son radio-réveil. Il resta un moment assis dans son lit, les yeux mi-clos, luttant contre l'envie de se rendormir. Un mince rayon de soleil filtrait entre les rideaux ocellés de lumière. Il faisait sans doute très beau dehors. Ça allait être agréable de rouler dans les sentiers avec Bonav'. Ils iraient d'abord à la coopérative agricole de Montespan, pour le soufre, puis dans les bois et le long des champs, à la recherche du salpêtre et de la trompette des morts.

Ces pensées le firent sourire, mais tout à coup il réalisa qu'on était dimanche, et que la coopérative avait toute les chances d'être fermée ! La tuile ! Que faire, mon dieu ? Où trouver du soufre un dimanche ? Il se pinça la cuisse pour se punir de n'avoir pas pensé à ce détail pourtant élémentaire, et il se leva d'un bond pour courir à la salle de bains. Après une rapide toilette, il revint dans sa chambre chercher un tee-shirt propre. Il oignit ses doigts d'un peu de gel translucide violet et ébouriffa rapidement sa chevelure. Puis il attrapa ses baskets et descendit vers la cuisine au petit trot, ce qui eut pour effet d'ébranler l'escalier sur sa base. Il s'installa devant son bol de céréales et Marie, qui se levait tôt même le dimanche, lui servit un grand verre de jus de mûres en s'étonnant :

— Déjà debout ? ! Tu aurais pu faire la grasse matinée. Tu te lèves tôt toute la semaine...

— Et toi ? Tu te lèves encore plus tôt que moi chaque jour. Et pourtant tu es debout.

— Moi, je suis vieille. Et les vieux, ça ne dort pas. Ça profite de chaque minute.

— Tu n'es pas vieille ! Tu as trente ans !

Marie éclata de rire et secoua ses belles boucles brunes :

— Quand j'avais ton âge, je dormais jusqu'à midi le dimanche. Et je gardais toute la journée sur la joue l'empreinte de mon oreiller. Mais depuis que je travaille, j'ouvre l'œil à six heures et demie ! Je n'y peux rien, c'est comme ça. Et dès que je suis réveillée, je me mets à penser à tout ce que j'ai à faire à la maison. Je me retourne dans les draps, je change dix fois de position, et finalement je me lève, parce que je ne peux plus rester couchée. Tu le veux chaud ou froid, ton lait ?

— Froid. J'ai promis à Bonaventure de passer le voir ce matin. On aimerait aller faire un tour de vélo dans la campagne. Il connaît un bois où on peut faire du cross... Je peux y aller ?

— Oui, si tes devoirs sont faits, et si tu me

promets d'être rentré pour le repas de midi. À propos, ça avance votre exposé ?

Théophile parut tomber des nues.

— Quel exposé ? demanda-t-il en touillant avec une cuillère le mélange de céréales et de lait froid.

— Mais celui sur le Moyen Âge, voyons ! Tu m'en as parlé l'autre jour. Tu as déjà oublié ?!

— Ah ! Tu veux dire l'exposé sur la musique moyenâgeuse ? Bien sûr que ça avance ! C'est même presque fini. On le présente demain devant la classe. Et à propos, est-ce que Bonaventure ne pourrait pas venir dormir à la maison ce soir ? On aimerait mettre au point quelques dernières petites choses...

— Mais très volontiers. J'aime beaucoup ton camarade Bonaventure. Veux-tu que j'appelle sa mère pour lui en parler ?

— Ce n'est pas la peine, je le lui dirai tout à l'heure. Et au besoin, elle t'appellera.

— Dis à ton ami qu'il n'oublie pas d'amener sa flûte. Je tiens absolument à ce qu'il me joue au moins un morceau. Le répertoire des troubadours est si charmant.

Les deux garçons s'étaient donné rendez-vous

en bas de chez Bonaventure. Ils traversèrent la ville à faible allure, ne rencontrant que quelques automobilistes enchifrenés de sommeil et des piétons en pantoufles sortis acheter les croissants dominicaux.

Un moment plus tard, ils pédalaient sur une petite route bordée de champs de seigle. Ils descendirent de vélo pour franchir l'étroite passerelle enjambant la Véore, puis ils prirent à droite entre des ronciers arborescents chargés de minuscules baies roses. Au loin le soleil de dix heures du matin éclairait les bois de Montespan. Il faisait bon pédaler au grand air en respirant l'odeur de la rivière qui coulait en contrebas du chemin. Théophile avait la grande forme. Il roulait sur un braquet énorme, et chaque coup de pédale le propulsait loin devant Bonaventure, qui n'était pas du matin.

— Moins vite, Théo, quoi ! On n'est pas en compète !

Théophile laissa son ami revenir à sa hauteur. Le chemin était un peu détrempé à cause de la proximité du gué, et les tracteurs y avaient tracé de larges ornières pleines de boue.

— On est en train de dégueulasser nos vélos ! fit observer Bonaventure. Cette boue, c'est une calamité.

Il prit une figue sèche dans la poche de son sac à dos et se la fourra dans la bouche en ajoutant :

— Tu en veux une ? Ch'est ekchellent pour les muscles... Cha apporte du chucre...

— J'ai bien déjeuné ce matin, je te remercie. On est plus très loin de la bergerie, il me semble... Il faut dire que j'étais petit quand mon père nous y a emmenés pour la dernière fois...

— Il est où au fait, ton père, ces temps-ci ?

— À Sydney. Pour un chantier de quatre mois. Et ensuite il s'envolera vers Macapà.

— C'est où ça ? En Chine ?

— Au Brésil. Il y restera un mois. Ensuite il reviendra en France, et je passerai un peu de temps chez lui.

— Il ne te manque pas trop ?

— J'ai l'habitude. Ma mère et lui se sont séparés quand j'étais tout petit.

— Tu as su pourquoi ?

— Ils ne se voyaient jamais, parce que mon père était toujours à l'étranger pour son travail.

Mais ils ne sont pas fâchés. Quand mon père vient en France, on sort tous les trois au restau, ou au ciné. Et ils ne se disputent jamais.
— Ça, c'est agréable ! Moi, mon père travaille souvent à la maison avec ses guitares et ses synthétiseurs. Et du coup, ma mère l'engueule ! Mais ça le fait plutôt rigoler. C'est une bonne nature...
— Je sais. Moi je l'aime bien, ton père. Et puis c'est un sacré musicien ! Bon, je crois qu'on est arrivé.

Ils posèrent leurs vélos dans l'herbe et s'engagèrent entre des buissons de ronces en les écartant avec un bâton. La bergerie n'était qu'une ruine perchée au flanc d'un petit coteau, et tout autour s'étendaient des friches qui n'avaient plus servi de pâtis aux bêtes depuis longtemps. Des orties géantes prospéraient le long des pans de murs à demi effondrés, et à travers le toit crevé un jeune noyer haussait ses branches.

— Oulala ! fit Bonaventure. Pour rendre ça habitable, il y aurait du boulot ! Vise un peu l'état des murs !

— C'est une ruine, Bonav'. Plus personne n'y habitera jamais...

— Je trouve ça triste, moi, une maison qui meurt. Il y aurait peut-être moyen de la retaper, après tout. Un peu de plâtre, deux-trois chevrons, quelques tuiles... Ça pourrait devenir une cabane sympa. On viendrait y griller des saucisses, en été... Et en cas de pluie, ça nous ferait un abri...

— Une sépulture, plutôt. Parce qu'en cas de pluie, on prendrait la maison sur la tête.

— Rabat-joie ! Va donc chercher ton salpêtre, et qu'on en finisse.

— Viens avec moi, je vais te montrer à quoi ça ressemble quand ça pousse sur les murs.

Ils contournèrent la bergerie et s'avancèrent entre les pans de murs écroulés. De vieilles planches à demi-pourries jonchaient les hautes herbes, et une forte odeur d'humus flottait dans l'air.

— C'est humide, dis-donc ! fit observer Bonaventure. Ça me rappelle le premier appartement qu'on a eu, rue de la Comète. Un vieux fond de cour moisi. Les papiers peints tenaient trois semaines, et puis d'un seul coup ils se décollaient. Tu rentrais le soir et tu les trouvais roulés en tuyaux au bas des murs. Finalement, mon père a repeint tout l'appartement avec une peinture spéciale. Ça a tenu quelques temps, et puis les murs se sont couverts de mousse verte. Alors il a fait venir le propriétaire, et ils se sont disputés. Finalement, on a déménagé. Tu ne peux pas avoir le dessus avec l'humidité. C'est pire que tout !

Théophile acquiesça tout en s'agenouillant dans l'herbe pour examiner de très près le bas des murs.

— Tiens, regarde ! s'exclama-t-il tout à coup. Tu vois ces flocons blancs très légers accrochés entre les pierres ? Hé bien c'est du salpêtre !

Bonaventure s'agenouilla près de Théophile et considéra avec curiosité ces fleurs cotonneuses qui ressemblaient à de l'écume de mer.

— Ça ne paye pas de mine ! On dirait de la moisissure. Rue de la Comète, on avait exactement la même chose dans la salle de bain. Sauf que la mousse était verte…

— Si tu mélanges le salpêtre avec du soufre, tu obtiens de la poudre à canon.

Bonaventure se redressa, un peu surpris.

— Mais… Du soufre, il y en a dans la recette, non ?

— Oui, une once.
— Et tu comptes les mélanger, et les mettre sur le feu ?
— Naturellement ! Pourquoi ?

Bonaventure prit un temps, secoua ses tresses et dit enfin :

— Pour rien... J'espère que ta mère est assurée tous risques !

Ils grattèrent le salpêtre des murs et le recueillirent dans une boîte en plastique. Puis ils retournèrent vers leurs vélos, qui s'étaient couverts de rosée en leur absence, et Bonaventure passa un long moment à essuyer sa selle, car il ne voulait pas se mouiller le derrière.

— Dépêche-toi un peu, Bonav' ! Il faut encore qu'on trouve cette satanée trompette des morts...

— Le mois de mai, pour les champignons, c'est à peu près comme le mois de mars pour les fraises... répliqua froidement Bonaventure.

Il tordit le mouchoir avec lequel il venait d'essuyer sa selle, considéra le mince filet d'eau qui en coulait et ajouta :

— Mais dans un coin aussi humide, tout est possible.

## Un peu de soufre, du salpêtre et une trompette des morts

Il ne croyait pas si bien dire. Car un moment plus tard, non loin du bois de Montespan, Théophile tomba par hasard sur un petit champignon brun et fripé qui avait un pied mince s'ouvrant en corolle comme un tromblon. Il prit dans son sac à dos le petit Larousse illustré, et l'ouvrit à la planche des *Champignons comestibles en France* afin de comparer sa trouvaille aux belles gouaches du dictionnaire. Pas de doute, c'était bien une Trompette des morts. Il siffla pour prévenir Bonaventure, qui continuait de battre les broussailles un peu plus avant dans le bois. Celui-ci accourut aussitôt et demanda :

— Alors ? Tu en as une ?

— Je crois bien. Regarde...

Bonaventure se mit à genoux sur les feuilles et examina le minable petit tromblon terreux. Puis il se redressa, le visage épanoui :

— Mais c'en est une, ma parole ! C'en est une !... Je n'arrive pas à le croire...

Il la cueillit et l'observa de très près, puis la flaira avec gourmandise.

— Hé là ! Pas de blague ! fit Théo en lui reprenant le petit végétal. On en a besoin...

— Quand je pense que tu vas l'accommoder au mercure et à la fiente de pigeon ramier. Alors que revenue à la poêle, avec un peu de beurre et une belle tranche de foie d'agneau...

— Tu es un ventre, Bonaventure ! Ça te perdra. Bon, il faudrait peut-être qu'on pense au dernier ingrédient de notre liste.

— Quoi ? On ne les a pas tous ? !

— Il nous manque le soufre ! Je pensais l'acheter à la coopérative de Montespan, mais ce matin j'ai réalisé qu'on était dimanche...

— Bravo ! Bien joué, mon vieux. Comment va-t-on faire ?

— Je ne sais pas. Il faut qu'on trouve une idée. Viens, on va aller s'asseoir un moment au bord de l'eau.

Ils prirent le chemin bordé de ronciers humides et descendirent s'asseoir sur les galets au bord de la rivière. Ils regardèrent un moment l'eau verte couler sous l'arche de la petite passerelle de pierre. Puis Bonaventure lança un premier caillou très loin vers le gué en disant :

— Fais mieux, si tu peux.

Théophile releva le défi, et ils passèrent une

Un peu de soufre, du salpêtre et une trompette des morts

vingtaine de minutes à rivaliser de force et d'adresse dans l'art du ricochet.
— J'ai une idée, s'exclama tout à coup Théophile. Le soufre, ça sert pour traiter les vignes. Et justement, des vignes il y en a partout par ici.
— Et alors ? Tu comptes gratter les feuilles ?
— Non. Mais on va aller voir un vigneron, et lui demander une once de son soufre. Ce n'est pas une bonne idée ça, peut-être ?
— Les vignerons ne sont pas prêteurs. Ça risque de se terminer à coups de fourche...
— Les mentalités ont évolué, mon vieux ! Maintenant dans la moindre ferme il y a la parabole. Et les vignerons regardent les programmes américains. Ils parlent anglais maintenant, les vignerons...
— Un coup de fourche reste un coup de fourche, même donné à l'anglaise.
— On leur proposera des sous. J'ai sur moi tout mon argent de poche...
— Si tu as de l'argent, c'est autre chose. À la campagne on comprend mieux les sous que l'anglais ! Tu as des chances d'être entendu...

Ils reprirent leurs vélos et montèrent par un petit chemin de terre jusqu'à une première exploitation, une grande bâtisse ocre trônant au milieu des vignes, sur le flanc d'un coteau. Comme ils pénétraient dans la cour de cette imposante propriété, un gros chien noir courut à leur rencontre en aboyant et en troussant ses babines sur ses dents pointues. Bonaventure fit un dérapage contrôlé et partit comme une balle vers le chemin, suivi de près par Théophile qui appuyait fort sur ses pédales. Le chien leur donna la chasse sur une centaine de mètres, puis s'arrêta brusquement et prit un air débonnaire. La comédie était finie. Il revint vers la ferme à petits pas folâtres, en humant au passage des trous de lapins. Théophile haussa les épaules et lâcha simplement, d'une voix entrecoupée par l'essoufflement :

— Si tout marchait toujours du premier coup, où serait le charme ? Ne nous décourageons pas, et essayons un peu plus loin.

L'obstination paye toujours. Ils finirent par dénicher au sud du bois de Montespan une petite maison de vigne qui servait de remise à quelque vigneron du coin. Théophile la repéra depuis la route, mais les deux amis durent couper à travers champs pour l'atteindre, car aucun chemin n'y menait. Ils jetèrent leurs vélos dans les hautes herbes bordant la maison et s'approchèrent d'une des fenêtres pour jeter un coup d'œil à l'intérieur. Il y faisait aussi sombre que dans un four. Théophile colla son front et ses mains aux vieux carreaux irréguliers festonnés de toiles d'araignées, et murmura :

— Avec un peu de chance, on trouvera un reste de soufre dans le fond d'un bidon. Viens, on va voir si la porte est ouverte.

Ils contournèrent la petite bâtisse et trouvèrent une porte vermoulue, qui branlait sur ses gonds et n'avait plus de serrure. Théophile la poussa en disant à son ami :

— Il vaut mieux que tu restes dehors à faire le guet. Si quelqu'un venait à nous surprendre, ça pourrait bien finir chez les gendarmes…

Il s'avança dans la pénombre en tâtonnant comme un aveugle. Les carreaux poussiéreux ne laissaient décidément guère entrer de jour dans cette petite cabane. Mais Théophile avait de bons yeux, et au bout d'un moment il commença à distinguer des formes dans les coins. Il y avait contre un mur une table branlante et deux chaises, et tout à côté un bric à brac d'outils agricoles hors d'usage. Quelques bidons de métal peints en vert luisaient dans l'ombre près d'un tas de piquets de bois. Théophile s'en approcha et colla son œil sur l'une des étiquettes pour la déchiffrer. Aussitôt son cœur se mit à battre à grands coups dans sa poitrine : c'en était ! L'étiquette indiquait « Soufrex, pure fleur de soufre ». Il se précipita dehors en hurlant :

— Ouais ! J'en ai ! J'en ai !

Bonaventure, qui s'était assis sur un muret de pierres sèches pour mastiquer quelques figues tout en surveillant les environs, fut saisi d'effroi à ce cri, qu'il prit pour une sommation des gendarmes. Il sauta dans l'herbe et courut vers son vélo, la bouche pleine et les nattes en désordre.

— Reviens, Bonav' ! lui lança Théophile. Tout va bien...

Bonaventure revint sur ses pas en portant sa main à son cœur et en disant :

— Tu m'as fait peur, imbécile ! Qu'est-ce qui t'a pris de crier comme ça ? Tu veux ma peau, ou quoi ?

— J'ai trouvé du soufre, mon vieux. Il y en a trois gros bidons dans la baraque ! C'est pas génial, ça ?

— Si. Fantastique. Mais ce n'était pas une raison pour bramer comme un cerf. Tu m'as coupé la digestion des figues ! Je vais être patraque toute la journée...

— Je suis désolé. Je retourne prendre ce dont j'ai besoin, et on y va...

Bonaventure regarda autour de lui en faisant palpiter ses narines et répliqua :

— Fais vite. Ce coin ne me dit rien qui vaille. Il sent le coup de fourche et la morsure de chien.

Théophile redisparut dans la maison. Un moment plus tard il s'avançait dans les herbes jaunies, en s'efforçant de faire un nœud à un petit sachet en plastique. Son ami était déjà en selle et ne se tenait plus d'impatience :

— Grimpe sur ton vélo en vitesse, et filons ! Tu peaufineras ton nœud plus tard...

Théophile enjamba son engin et ajusta sur ses épaules les bretelles du sac à dos en répliquant :
— Décompresse, Bonav'. Ça roule...
— Et bien justement, pédale, histoire que ça continue !
Au retour, Théophile s'arrêta un moment chez les Douloumóo. La maman de Bonaventure fut très heureuse de le revoir. Elle lui ébouriffa les cheveux en l'appelant petit poussin, puis lui tâta les côtes et ajouta, selon son habitude :
— Tu n'es pas bien gras. Il faut manger, mon garçon ! Un ventre rond, c'est la santé. Regarde comme je suis en forme...
Elle avait de la santé à revendre, en effet, puisqu'elle pesait cent kilos.
— Reste déjeuner, si tu veux ! suggéra Bonaventure. Il y a du riz parfumé et du boudin au piment. Tu verras, c'est fameux...
— Je voudrais bien, mais j'ai promis à ma mère d'être rentré pour le repas de midi.
— Passe-lui un coup de fil. Pour une fois que tu manges ici... Et puis ce soir je vais manger et dormir chez toi, non ? Alors tu ne peux pas refuser...

## Un peu de soufre, du salpêtre et une trompette des morts

— Tu ne dors pas ici ce soir, boubou ? Première nouvelle !...

— J'allais t'en parler, m'man. Théo et moi on doit travailler ensemble sur un truc, pour l'école...

— Un truc... Voyez-vous ça... Et quel genre de truc, s'il te plaît ?

— Un exposé, m'dame, intervint Théophile qui avait un mensonge tout prêt pour chaque circonstance. Mais d'un genre un peu spécial... Ça parlera de musique moyenâgeuse, et pendant que je lirai, Bonaventure jouera de la flûte...

Madame Doulouméo regarda son fils d'un air soupçonneux et répliqua :

— Pour la flûte, il ne craint personne. Enfin, si ta mère est d'accord...

Bonaventure alla prendre la main de sa mère et l'embrassa en disant :

— Merci, m'man. Tu es sympa.

— Je ne suis que faible et naïve. Mais quoi qu'il en soit, essayez de travailler correctement, et de ne pas faire les fous jusqu'à deux heures du matin, comme la fois où Théo a dormi ici. Une bonne note en histoire ne te ferait pas de mal, Boubou.

— T'inquiète, m'man, répliqua Bonaventure en

clignant de l'œil à Théophile. On va faire des flammes...

Les deux garçons passèrent au salon, et Théophile appela sa mère pour la prévenir qu'il ne rentrerait pas à midi. Elle ne fit aucune objection à ce qu'il mange chez son ami Bonaventure.

— À propos, demanda-t-elle. Tu as prévenu sa mère, pour ce soir ?

— Oui m'man. Pas de problème. Elle est d'accord... Bon, à tout à l'heure.

— C'est ça, à ce soir. Au fait, tu t'es bien gardé de me dire que tu avais accroché un passant hier en faisant du patin !...

— Je n'ai accroché personne, m'man ! Je te jure...

— Ne mens pas ! Ce monsieur est venu me voir ce matin. Tu lui avais donné ton nom et ton adresse...

Théophile demeura perplexe, puis repensa à ce gros monsieur renversé la veille dans le jardin Sainte Clothilde. Mais ça ne pouvait pas être lui, il ne lui avait pas donné son adresse. Et de plus, ce monsieur s'était montré fort sympathique. Pourquoi irait-il à présent trouver sa mère ? Tout à coup, un doute affreux s'insinua en lui.

— Il était comment, ce monsieur, m'man ? Bien habillé et bien coiffé ? Avec des gants ?
— Oui. C'est bien ça. Tu vois que tu le connais.
Théophile devint tout pâle et il manqua lâcher le combiné du téléphone. Il avala un peu de salive et reprit d'une voix hésitante :
— Je... Je l'ai effleuré hier matin... dans la rue des Tanneurs... Mais à peine. Seulement il m'a attrapé par le bras, et il ne voulait plus me lâcher. Si bien qu'à la fin je lui ai donné mon nom et mon adresse.
— Il est gonflé, ce type, de t'attraper par le bras dans la rue ! Si j'avais su ça, je lui aurais dit ma façon de penser.
— Il venait pour quoi, au juste ?
— Pour te faire la leçon sur les dangers du patin ! Il m'a demandé de te dire d'être prudent, et de ne pas tenter des choses au-dessus de tes forces. Je n'ai pas bien compris ce qu'il racontait. À mon avis, il est un peu dérangé...
— Il va revenir ?
— Je ne crois pas. Mais s'il revient, je me méfierai davantage.
— Oui. Méfie-toi de lui ! Ne le laisse pas entrer

dans la maison. Et s'il essaie de forcer la porte, appelle les gendarmes !

Marie éclata de rire.

— Nous n'en sommes tout de même pas là. Il a été parfaitement courtois, tu sais. Un peu maniéré, même. Et il a une voix très douce. Je ne l'imagine pas brisant notre porte avec une hache... Allons, ne pense plus à tout ça. Déjeune avec Bonaventure, et transmets mes amitiés à sa maman. À ce soir, mon cœur.

Théophile raccrocha et se tourna vers Bonaventure, qui décortiquait quelques pistaches assis sur l'accoudoir d'un fauteuil en rotin.

— Arkandias sait où j'habite ! Il vient de passer voir ma mère !...

Pour le coup, Bonaventure manqua s'étrangler avec ses pistaches. Il les cracha dans sa main et s'écria :

— Quoi ? ! Qu'est ce que tu dis ?

— Arkandias est passé voir ma mère ce matin. Il me cherchait... Tu te rends compte ? Si ça se trouve, il nous attend devant la maison.

— Mais comment a-t-il trouvé ton adresse ? Tu l'avais semé...

## Un peu de soufre, du salpêtre et une trompette des morts

— C'est un sorcier, mon vieux ! Il a sans doute un truc pour suivre les gens.

— Tu parles ! S'il avait vraiment des pouvoirs magiques, il t'aurait réglé ton compte depuis longtemps ! Non, à mon idée c'est plutôt un pervers qui aime la magie rouge. Il a dû mener son enquête, et te suivre quand tu sortais de la bibliothèque.

— Qu'est-ce qu'on peut faire ?

— Pour le moment pas grand chose. On va aller manger, et puis on montera discuter de tout ça dans ma chambre. Le boudin porte conseil...

Le repas fut un délice. Il y eut une entrée de laitue à l'huile de noix, avec des croûtons dorés frottés d'ail et garnis d'une lamelle de fromage de chèvre chaud. Puis arrivèrent le riz parfumé et les petits boudins au piment. Le riz était cuit à la perfection. Il ne collait pas, et pourtant on pouvait en faire des boulettes, comme dans les restaurants chinois. Quant aux boudins, ils mettaient le feu à l'œsophage, comme il se doit. Le père de Bonaventure en croqua deux douzaines, tout en expliquant que le boudin antillais vendu en France n'était qu'une pâle imitation de ce qui se faisait aux îles, et que finalement il n'était pas possible d'en trouver ici qui soit correctement épicé. Théophile l'écouta en pleurant de grosses larmes et en mâchant de la mie de pain, sous l'œil goguenard de Bonaventure. Le dessert était une grande salade de fruits relevée de sucre de canne et d'une pointe de rhum agricole. Les deux garçons quittèrent la table d'un pas chancelant, et furent heureux de s'étendre un moment dans la chambre de Bonaventure.

— La vache, fit Théophile en mettant ses mains sur ses yeux. Elle tape, ta salade...

— C'est mon père qui l'a préparée. Il n'est jamais avare de rhum...

— En tout cas, ça m'a requinqué. Arkandias ne me fait plus peur du tout. S'il revient ennuyer ma mère, je lui casserai une chaise sur la tête.

Bonaventure se leva pour aller prendre un papier sur sa table de travail. Il le tendit à Théophile en lui disant :

— Tiens ! Jette un coup d'œil à ça : ce sont les conversions en minutes des centièmes d'heures de la recette. Ça m'a pris une demi-heure hier soir...

Théophile se redressa sur le lit et se cala contre

UN PEU DE SOUFRE, DU SALPÊTRE ET UNE TROMPETTE DES MORTS

le mur avec un oreiller pour lire tout à son aise.
Sur une feuille de papier quadrillé arrachée à un cahier de brouillon, Bonaventure avait écrit :
Le douzième centième de l'heure correspond à la septième minute.
Le vingt-et-unième centième de l'heure correspond à la douzième minute passée de trente secondes.
Le vingt-huitième centième de l'heure correspond à la dix-septième minute.
Le trente-quatrième centième de l'heure correspond à la vingtième minute passée de trente secondes.
Le quarante-troisième centième de l'heure correspond à la vingt-sixième minute.
Le quarante-neuvième centième de l'heure correspond à la vingt-neuvième minute passée de trente secondes.
Le quatre-vingt-dix-neuvième centième de l'heure correspond à la cinquante-neuvième minute passée de trente secondes.
— C'est précis, dis donc ! Il va nous falloir un chronomètre...
— J'en ai un sur ma montre de plongée,

répliqua Bonaventure en montrant son poignet. Mais le plus difficile, ça va être d'enchaîner toutes les étapes pile à la bonne minute sans s'emmêler les pinceaux.

— On répétera entre dix et onze ce soir, histoire d'être fins prêts à minuit. Au fait, tu ne m'as toujours pas montré la bague...

— Mince, c'est vrai ! Ne bouge pas, je te la sors...

Il alla prendre un petit requin en plâtre sur une étagère et revint s'asseoir au bord du lit. Le requin était creux et avait sur le ventre un bouchon de caoutchouc rond grand comme une pièce de cinq francs. Bonaventure ôta le bouchon et secoua le squale, qui ne tarda pas à pondre une belle bague blanche surmontée d'une petite perle.

— Elle est superbe ! s'exclama Théophile en la ramassant sur l'oreiller. C'est de l'or blanc ?

— Je veux ! Regarde le poinçon...

— Et ça ne t'embête pas qu'on ôte la perle ? Tu n'as pas peur que ça l'abîme ?

— Penses-tu. Dès l'instant qu'on y va doucement... D'ailleurs on va le faire tout de suite. J'ai une petite pince que j'ai empruntée à mon père. Ça va aller tout seul.

Avec d'infinies précautions, ils désenchassèrent la petite perle, et Bonaventure la roula aussitôt dans un morceau de papier de soie pour ne pas la perdre. Il la cacha dans le requin de plâtre, qui retrouva sa place sur l'étagère.

Les deux jeunes gens restèrent un moment pensifs devant la bague au chaton nu. Puis Bonaventure la prit entre son pouce et son index et la haussa devant lui en disant :

— Il n'y manque qu'un pépin d'orange...

Alors Théophile lui cligna de l'œil et cracha dans sa main un petit pépin nacré, brillant de salive.

— Je l'ai récupéré tout à l'heure dans la salade de fruit. Moi, quand j'ai une idée dans la tête, je ne l'ai pas autre part.

Ils passèrent le reste de l'après-midi devant l'écran de l'ordinateur. Le papa de Bonaventure avait rapporté de Suisse (où il allait de temps en temps enregistrer une ligne de guitare basse pour le compte de quelque groupe de Rap local) un logiciel de simulation de vol en navette spatiale.

L'écran reproduisait fidèlement le tableau de bord de Challenger IV, et Théophile fut tout d'abord déconcerté par tous ces cadrans et toutes ces diodes lumineuses qui brillaient partout. Bonaventure, qui assimilait les nouveaux jeux vidéo aussi aisément qu'un serpent boa assimile un lapin, lui fit un cours assez long, en s'aidant d'une notice épaisse comme l'annuaire du téléphone. Mais le jeu n'était réservé qu'à une petite élite, dont Théophile ne faisait pas partie. Il se crasha deux fois de suite au décollage pour avoir oublié de fermer le clapet du réservoir d'hydrogène, et il explosa en l'air à la troisième tentative. Un peu vexé, il passa les manettes à son ami en lui disant :

« Tiens ! Vas-y, toi. Moi ça m'énerve... »

Bonaventure décolla avec aisance et fit un tour dans l'espace. Mais il ne se posa pas sur la lune, car il n'avait pas suffisamment révisé les procédures spécifiques à ce genre d'exercice. Comme le coucou chantait six heures en se montrant six fois de suite au-dessus du cadran de la pendule, Bonaventure éteignit son jeu.

— Bon, fit-il. C'est pas tout ça, mais il va falloir y aller…

— Tu veux que je t'aide à préparer ton sac ?

— Ça ira. Tu sais, pour une nuit je n'emporte pas grand chose.

Il fourra un tee-shirt et des chaussettes dans son sac de toile verte et rouge, puis ouvrit son cahier de texte pour vérifier les cours du lundi et prendre ce dont il avait besoin. Il jeta quelques livres et quelques cahiers dans le haut du sac. Il allait le fermer quand Théophile s'écria :

— N'oublie pas ta flûte ! On serait jolis !…

— Mince ! Je n'y pensais plus, dis-donc ! Et il faut que je prenne aussi ma transposition ! Ce sale petit morceau de musique qui me fait grincer des dents…

Il alla prendre une feuille dans son cahier de musique, la plia en deux et la glissa dans un des livres qui occupaient le haut du sac.

— Ça y est, fit-il en serrant les lanières. Je suis prêt. On y va ?

— On est parti. Au fait, tu en connais, toi, des morceaux de musique moyenâgeuse ?

— Quelques-uns. Pourquoi ?

— Pour rien. Allons saluer ta mère...

Théophile ne manqua pas de remercier madame Doulouméo pour l'excellence de sa cuisine. Ce compliment la fit éclater de rire. Elle enleva Théophile dans ses bras et le serra sur son vaste corsage en répliquant :

— Petit poussin, je sens déjà moins tes côtes. Le boudin, il n'y a rien de tel... »

Les deux garçons prirent leurs vélos au garage et s'éloignèrent tranquillement le long du boulevard Ledru Rollin, en devisant à mi-voix. Mais ils durent mettre pied à terre dans la montée Valérieux, et pousser leur vélo en s'épongeant le front. Le boudin, il n'y avait rien de tel. Sauf dans les côtes.

# 7
# La flamme verte

$L$A soirée chez Théophile fut assez plaisante. On parla de la visite de monsieur Arkandias, et Marie demanda à Bonaventure de donner sa version de l'accrochage en patins. Bonaventure raconta l'incident avec d'autant plus de liberté qu'il n'y avait pas assisté, et Marie finit par dire que tout ça n'avait aucune importance, puisqu'on ne reverrait sans doute jamais ce monsieur. On passa à table, et la conversation roula tout d'abord sur mille petits riens, comme il est d'usage dans les repas réussis.

Mais Marie fit tout à coup plusieurs questions précises sur l'exposé de musique moyenâgeuse, et Bonaventure en fut quelque peu déconcerté. Comme il répondait de travers, Théophile lui donna un coup de pied sous la table. Il se tut, et laissa son ami prendre le relais. Théophile avait une langue agile, qu'il mettait au service de son inépuisable imagination. On l'écouta développer les grandes lignes de l'exposé, puis entrer dans des détails d'ordre technique, tels que la distinction entre troubadour et trouvère, langue d'oc et langue d'oïl, viole de gambe et viole de bras. Ces connaissances toutes neuves avaient été puisées l'avant-veille à la bibliothèque dans *La grande encyclopédie de la musique à travers les siècles*. Elles firent cependant forte impression. Puis vint la tarte aux poires saupoudrée de brisures d'amandes. Marie insista pour que Bonaventure joue un morceau à la flûte. Il se fit un peu tirer l'oreille, mais finalement il accepta, car la maman de Théophile avait un très beau sourire et savait en user pour obtenir ce qu'elle voulait. Il monta chercher sa flûte dans son sac, et joua plusieurs morceaux tels que *Sur le pré, Lochez, lochez les pommes* et *Un deux trois, clémuchette cachée*.

La flamme verte

Marie écouta avec ravissement, et Théophile admira l'agilité diabolique de son ami. Les doigts couraient sans la moindre hésitation sur les petits trous de la flûte, et une musique délicieusement aigrelette et surannée se faisait entendre. C'était frais comme une chevauchée dans un verger de cerisiers, ou comme une sieste sous la feuillée à trois heures de l'après-midi, quand on doit cesser de moissonner à cause du soleil. Ces petits airs ressuscitaient l'odeur du foin coupé, et la poignante mélancolie des étés du temps jadis. Théophile se promit d'acheter un compact-disque de ces vieux airs dès qu'il serait suffisamment en fonds. Bonaventure obtint une longue grêle d'applaudissements. Puis on fit quelques parties de Mistigri, et tout à coup Théophile regarda sa montre en disant :

— Il faudrait peut-être qu'on travaille un peu...

Les deux garçons embrassèrent Marie et montèrent se laver les dents.

Dès qu'ils furent en sûreté dans la chambre, ils donnèrent un tour de clef à la serrure et Théophile se frotta les mains en disant :

— Bon, ce n'est pas tout ça mais on a du pain sur la planche.

Il empoigna un fauteuil et le repoussa contre le mur en ajoutant :

— Aide-moi. Il faut qu'on fasse de la place, histoire d'être à l'aise tout à l'heure...

Les deux garçons écartèrent plusieurs chaises, puis déplacèrent à grand peine le lit de pin blanc et la grande armoire assortie. Ils étaient en train de rouler les tapis quand Marie frappa à la porte. Théophile courut lui ouvrir. Elle fit trois pas dans la chambre et marqua les signes du plus vif étonnement.

— Qu'est-ce qui vous a pris de déplacer les meubles ? Vous perdez la tête, ma parole ! Voilà dix minutes que j'entends trembler le plancher...

— On se prépare un espace de travail, m'man. Un genre de scène, quoi. Mais ne t'inquiète pas, on a fini. Le plancher ne tremblera plus...

— J'espère bien. Il ne manquerait plus que ça. Essayez donc de répéter sans faire trop de bruit. Et ne vous couchez pas trop tard. Bonne nuit, les enfants.

— Bonne nuit, m'dame.

— Bonne nuit, m'man. Fais de beaux rêves.

Ils attendirent qu'elle se soit éloignée dans le couloir, puis Théophile donna de nouveau un tour

LA FLAMME VERTE

de clef à la serrure en disant :
— Il faut encore qu'on déplace le bureau... Mais cette fois, sans tremblement de plancher si possible... Et fais gaffe au poisson rouge.

Avec d'infinies précautions, ils soulevèrent et déplacèrent le gros bureau encombré de livres et de cahiers. Bonaventure transpirait à grosses gouttes, et Théophile forçait, le cou gonflé, afin de maintenir l'assiette du bocal. Pacôme ne montra pas la moindre inquiétude en voyant s'agiter l'onde au-dessus de lui. C'était un poisson rouge qui avait beaucoup de sang froid.

Lorsque tout fut en ordre dans la chambre, les deux garçons se laissèrent tomber sur le lit, et Bonaventure regarda sa montre en disant :
— Dix heures et demie... Ça passe, dis donc !
— Il nous reste une petite demi-heure pour les derniers préparatifs. Après quoi, ce sera le grand saut dans l'inconnu... Tu as vu la lune ?

Bonaventure jeta un coup d'œil en direction de la fenêtre et émit un petit sifflement :
— Elle est énorme ! On dirait une pêche au sirop...
— C'est la cinquième pleine lune de l'année,

comme le veut la recette. Voilà pourquoi on devait absolument être prêts ce soir.

Les deux garçons restèrent un moment à admirer cette lune blonde qui tenait presque toute la largeur de la fenêtre.

— Tout de même, fit Bonaventure, dire que des hommes ont marché là-haut. Quand j'y pense, ça me stupéfie !

— Si tu t'entraînes comme il faut avec ton simulateur de vol, et si tu continues à être bon en maths à l'école, peut-être iras-tu là-haut un jour, toi aussi... Tu es doué pour ces trucs-là, Bonav'...

— Tu parles. Je sais bien que je n'irai jamais. Il faut être réaliste...

— Tu t'apprêtes à jouer de la flûte pendant une heure en me regardant casser des œufs pourris dans un creuset pour fabriquer une bague qui rend invisible, et tu parles de réalisme ?!

Bonaventure haussa les épaules.

— Je suis ici pour te faire plaisir, et pour passer un bon moment. Mais Dieu merci, je ne prends pas tout ça au sérieux... Tandis que toi...

— Moi, j'y crois ! Et je n'ai pas honte de le proclamer. Si la recette n'était que pure

affabulation, pourquoi Arkandias s'embêterait-il à essayer de me dissuader de la réaliser ?
— Ça c'est vrai. Tu marques un point. Mais d'un autre côté, si la recette fonctionnait qu'est-ce qui empêcherait Arkandias de se rendre invisible et de pénétrer dans ta chambre pour te reprendre, l'œuf, le sang de poule et le mercure ? Mmh ?...
— Je ne sais pas. Peut-être que quand on est invisible on ne peut rien porter... De toute façon, nous ne sommes pas là pour spéculer sur l'efficacité de la recette, mais pour la tester. Dans un peu plus d'une heure, nous serons fixés.
Il se leva d'un bond en ajoutant :
— Au travail. Il nous reste un quart d'heure pour nous préparer.
Sur le bureau débarrassé de son fatras de livres et de cahiers, ils ordonnèrent avec soin les différents ingrédients. Théophile entreprit de peser son once de soufre et son once de salpêtre. Après vérification dans le petit Larousse, il apparut que l'once valait 30,594 grammes. Comme il ne disposait pas d'une balance précise au gramme, il prit pour règle que le soufre et le salpêtre avaient à peu près la densité du sucre en

poudre, et il les pesa tout bonnement avec une petite cuiller. Il versa ses onces sur deux carrés de papier blanc qu'il replia pour en faire des sachets. De son côté, Bonaventure avait sorti sa flûte de son sac et déplié sa petite partition manuscrite. Il chercha des yeux un pupitre, et comme Théophile n'en avait pas il alla finalement scotcher la partition à hauteur d'œil sur l'armoire, afin de pouvoir la consulter en cas de besoin. Il emboucha sa flûte, fit jouer ses doigts sur les trous et commença à répéter son morceau en sourdine.

— Joue-le pour de bon, s'exclama Théophile. J'aimerais bien l'entendre...

— Tu vas l'entendre pendant une heure, et moi aussi. Alors pitié, laissons un peu de repos à nos oreilles.

Théophile relut la recette et répéta les gestes qu'il aurait à accomplir. D'abord, l'eau gelée. Il en avait mis une livre à glacer au réfrigérateur ; il descendrait la chercher au dernier moment. Bon. Ensuite, les quatre gouttes de mercure. Bonaventure devrait commencer sa musique pile sur la quatrième goutte. Ça ne poserait pas de problème, et au besoin, il lui ferait un signe. Très bien. Ensuite, l'œuf, qu'il fallait briser avec la pince en bois d'olivier en criant à trois reprises *Amsa Kratchouf ! Kratchouf Sôminey !* Le plus difficile, à ce stade de la recette, serait de garder son sérieux. Mais quoi ! Il prendrait sur lui. Et en cas de défaillance il lui suffirait de penser à monsieur Griénez, le professeur de mathématiques, pour perdre aussitôt l'envie de rigoler. Pour le soufre, pas de problème. Il n'y avait qu'à le jeter en pluie sur la mixture. Mais pour le sang de poule noire, c'était plus ardu. D'abord le dé à coudre qu'il avait emprunté à sa mère était arrondi au bout et ne tenait pas en équilibre sur la table. Il essaya de le caler avec deux trombones, puis finalement il le planta dans un morceau de pâte jaune dont il usait pour coller ses posters. Au dernier moment il le décollerait de ce gluant support, et le « magnétiserait en le portant successivement à son front, à son épigastre et à son nombril » conformément aux prescriptions de la recette. Le danger était que Bonaventure se mette à rire en le voyant faire. Il résolut d'accomplir l'opération en tournant le dos à son ami, afin que son jeu de flûte n'en soit pas perturbé. Pour le champignon, rien de bien compliqué. On le collait dans la sauce, et c'était tout. Mais il fallait tout de même penser à bien le laver, point capital selon la recette. Ensuite venait l'étape – délicate entre toutes – de l'intégration des cinquante fientes fraîches de pigeon ramier. Il fallait incorporer ces fientes une à une, et de centième d'heure en centième d'heure, c'est-à-dire avec un peu moins d'une minute entre deux lâchés. Un défi ! Il ouvrit la boîte où il les avait recueillies et fut navré de constater qu'à cause de leur fraîcheur elles s'étaient un peu mélangées entre elles. Il décida qu'il utiliserait une cuillère pour prélever au fur et à mesure de petites quantités de matière dans cette masse globale, comme on fait pour les truffes en chocolat. Enfin viendrait l'instant de jeter l'once de soufre dans le creuset. À ce moment de la recette, il faudrait bien penser à s'écarter du creuset, à cause de la flamme verte qui ne manquerait pas d'en jaillir. Il répéta à plusieurs reprises le mouvement de rotation qui lui permettrait de se soustraire à la flamme, puis il leva les yeux vers le plafond, afin de calculer où il mettrait son creuset pour éviter que cette même flamme ne brûle le lustre. Bonaventure fut un peu étonné de le voir pivoter ainsi avec lenteur sur sa hanche, à la façon des maîtres de Taï Chi. Il l'observa un instant avec curiosité, puis baissa sa flûte et demanda :

— Tu fais quoi ? Tu danses ?
— Je m'entraîne à esquiver la flamme…
— Et pourquoi lèves-tu les yeux au ciel ?
— J'essaie de voir ou mettre mon creuset. Je veux éviter que la flamme ne brûle le lustre…
— Tu as trouvé un creuset ? ! Qu'est-ce que tu attends pour le sortir ? C'est hyper intéressant, un truc pareil ! Fais-le voir tout de suite !
— Je n'ai pas de creuset, Bonav'… Je compte utiliser un caquelon à alcool…
— Un caquelon ? ! C'est quoi, ça ?
— Un truc pour faire la fondue ! Une sorte de chaudron très épais et très résistant, avec un petit réchaud incorporé. Ce sera impeccable… Quelle heure as-tu ?
— Moins dix ! Il ne faut plus tarder !
— Je descends chercher le caquelon, l'eau gelée et la pince à cornichon en bois d'olivier. Jette un coup d'œil à la recette. Vérifie que je n'ai rien oublié…

Bonaventure écarta ses tresses et pencha son visage sur les feuillets que Théophile avait scotchés directement sur le bureau pour éviter qu'ils ne s'envolent.

— Tu as pensé à laver le champignon ? demanda-t-il. Je vois là que c'est un point capital...

Théophile se toucha le front du bout des doigts :

— Mon Dieu ! Le champignon ! Heureusement que tu es là...

Il ramassa la petite trompette des morts et courut vers la porte en disant :

— Ote ta montre et pose-la sur le bureau, histoire que je l'aie sous l'œil à toutes les étapes de la recette. Mets-la en position chronomètre, et tiens-toi prêt avec ta flûte. Je reviens dans deux minutes.

Un moment plus tard il reparut, le caquelon dans une main, le bac de glace dans l'autre, et la pince à cornichon sous un bras.

— Il est quelle heure, maintenant ? demanda-t-il, un peu stressé.

— Moins cinq. On est dans les temps...

— On est à la bourre, tu veux dire ! Vite mets-toi en place, et prends ta flûte.

Il posa le caquelon sur la table, et désopercula une boîte en fer blanc qui contenait une pâte translucide à base d'alcool à brûler. Une forte odeur d'éthanol frappa le nez de Bonaventure qui s'exclama :

— Dis donc ! Ça schlingue, ton bidule !

Théophile plaça le petit récipient de fer blanc sous le caquelon et craqua une allumette en disant :

— Onze heures moins deux. C'est parti, mon kiki...

Il approcha l'allumette de la boîte en fer blanc. Aussitôt une flamme bleue s'étendit sur toute la surface de l'alcool gélifié. Un instant plus tard la flamme prit corps, et monta en tremblant pour venir lécher le fond du caquelon.

— H moins une ! s'écria Théophile. Tiens-toi prêt à jouer dès que je te ferai signe, et ne t'arrête qu'au signe suivant.

*À la cinquième lune de l'an, une heure avant minuit, se tenir prêt, couvrir les lampes et fractionner l'heure en cent centièmes.*

Il alla éteindre le lustre, revint se placer devant la table et vérifia que la recette pouvait être lue aux clartés conjuguées du réchaud et de la lune. Les lueurs bleuâtres de la flamme dansaient un peu sur les feuillets, mais ça allait. Quelques secondes avant onze heures, il prit une profonde inspiration et fit partir le chronomètre. Le moment était venu de commencer.

*Au premier centième de l'heure, mettre le creuset vide sur la flamme et y poser la livre d'eau gelée.*

Il démoula sa livre d'eau gelée et la posa de biais dans le caquelon. Elle y fondit sans bruit en un instant.

*Au douzième centième de l'heure, jeter les quatre gouttes de mercure dans l'eau tiède ainsi obtenue, et jouer à la flûte l'air qui doit charmer l'amalgame. L'air sera joué* Allegro ma non tropo *et sans interruption durant tout le reste du grand œuvre.*

Sept minutes plus tard, il jeta dans l'eau les quatre gouttes de mercure liquide. Elles tombèrent au fond du caquelon, qui était un peu incurvé, et s'y réunirent pour ne former qu'une grosse goutte de métal liquide. Il fit aussitôt signe à Bonaventure, qui se tenait prêt, la flûte au bec.

## La flamme verte

Une atroce petite musique s'échappa du tuyau de métal argenté. Cela ressemblait aux miaulements des chats de mars, ou au bruit que ferait une scie musicale tronçonnant des tablettes de marbre. Théophile sentit que ses dents lui faisaient mal. Ça allait être difficile de tenir une heure avec cette musique en bruit de fond. Très difficile, même.

*Au vingt-et-unième centième de l'heure, briser l'œuf punais avec une pince en bois d'olivier en criant d'une voix forte à trois reprises :* Amsa Kratchouf ! Kratchouf Sôminey ! *Puis laisser tomber l'œuf dans le creuset.*

Théophile prit sur la table la pince à cornichon, et l'ouvrit toute grande pour essayer d'attraper l'œuf. Mais la pince n'avait pas un assez grand débattement. Il força tant et si bien qu'il la brisa en deux. Paniqué, il s'efforça d'user des deux morceaux comme de baguettes afin de saisir l'œuf à la chinoise. Mais ce n'était pas commode. Il y parvint tant bien que mal, et à la douzième minute après onze heures il brisa la mince coquille au dessus du caquelon en criant d'une voix forte : *Amsa Kratchouf ! Kratchouf SômiLney !* L'œuf tomba dans l'eau bouillante assaisonnée de mercure, et

Théophile découvrit à cette occasion que le jaune d'un œuf punais est noir, et que son blanc est bleu. Presque dans le même temps, une odeur abominable infecta la chambre. Comme il lui restait cinq minutes avant l'étape suivante, il courut ouvrir la fenêtre. Bonaventure s'y précipita, les yeux pleins de larmes, tout en continuant héroïquement à jouer de la flûte.

*Au vingt-huitième centième de l'heure, jeter en pluie le soufre sur l'amalgame.*

L'œil sur la trotteuse du chronomètre, Théophile attendit la seizième minute. Il attrapa le petit carré de papier où était pliée l'once de soufre, et à la dix-septième minute il versa en pluie la poudre jaune sur sa mixture. Rien de notable ne se passait encore.

*Au trente-quatrième centième de l'heure, ajouter le dé à coudre de sang de poule noir, après l'avoir magnétisé en le portant successivement à son front, à son épigastre et à son nombril.* C'était sans conteste le moment le plus ridicule. À la vingtième minute passée de trente secondes, il décolla le dé à coudre de son support et le porta à son front tout en jetant un coup d'œil vers Bonaventure pour s'assurer qu'il ne rierait pas. Mais ce dernier n'avait pas envie de plaisanter. L'odeur de l'œuf punais lui avait soulevé le cœur, et il soufflait tristement dans son pipeau, en luttant contre la nausée. Théophile porta le dé à coudre de sang sous son sternum, puis à son nombril, et il le versa dans le caquelon. Il se demanda tout à coup s'il ne fallait pas jeter aussi le dé dans la mixture. Mais il lui sembla que non. Quand on parle de mettre une cuiller à café de fleur d'oranger dans la pâte à brioche, on ne verse que l'eau de fleur, pas la cuiller. Il jeta un coup d'œil au chronomètre, qui marquait onze heures passées de vingt et une minutes.

*Au quarante-troisième centième de l'heure, mettre à cuire dans la mixture le champignon soigneusement lavé et débarrassé de toute trace d'humus* (ce point est capital).

Cinq minutes plus tard, il précipita la petite trompette des morts dans la mixture, qui avait pris une teinte brunâtre et bouillait en fumant un peu, mais sans dégager d'odeur pestilentielle malgré la présence de l'œuf. Tout allait-il comme il fallait jusque-là ? Impossible de le dire. Il fallait attendre la flamme verte.

*Au quarante-neuvième centième de l'heure, ajouter*

*une à une, et de centième d'heure en centième d'heure, les cinquante fientes fraîches de pigeon ramier.*

Théophile guetta la vingt-neuvième minute, puis avec la petite cuillère dont il s'était servi pour doser les onces de soufre et de salpêtre, il préleva l'une après l'autre dans la boîte en plastique les cinquante fientes fraîches, ou tout du moins leur équivalent quantitatif. Mais ce n'était pas commode d'estimer les crottes à la cuillère. Au terme de l'opération, il restait dans le fond de la boîte la valeur de trois ou quatre fientes à peu près. Théophile versa en catastrophe ce reliquat dans le chaudron. L'heure n'était plus aux interrogations métaphysiques ! Onze heures et cinquante-neuf minutes venaient de s'afficher au chronomètre. Il s'agissait d'enchaîner sans perdre un instant avec l'étape suivante, celle du salpêtre, la dernière de la série !

*Au quatre-vingt-dix-neuvième centième de l'heure, verser en pluie le salpêtre blanc réduit en poudre sur le mélange obtenu, puis s'écarter du creuset.*

D'une main un peu tremblante, Théophile prit sur la table le dernier petit paquet. Il l'ouvrit fébrilement, attendit que la trotteuse passe le chiffre trente et versa le salpêtre sur le bouillon.

L'instant d'après il pivota sur sa hanche en effaçant les épaules, selon le mouvement qu'il avait répété. Une seconde passa, puis deux, puis trois. Pas de flamme verte ! Il jeta un regard interrogateur à Bonaventure qui s'époumonait toujours dans sa petite flûte. Ce dernier lui répondit par un haussement de sourcils. Au bout d'une minute il fallut se rendre à l'évidence : la recette avait échoué. Théophile se redressa, les yeux tristes, et il se pencha sur le caquelon. C'est à ce moment que dans un bruit de geyser le trait de feu vert monta droit vers le plafond, éclairant la chambre comme un coup de foudre. Théophile recula d'un bond vers la fenêtre, et Bonaventure écarquilla les yeux en murmurant :

— Merde alors ! Ça marche !...

— Joue ! hurla Théophile remarquablement excité. N'arrête pas de jouer, pour l'amour du ciel !

La flamme verte continuait de brûler en montant vers le plafond comme une colonne de phosphore. Elle semblait intarissable. Théophile eut la présence d'esprit de courir vers la table et d'y prendre la bague. Une main devant les yeux pour se protéger du rayonnement vert qui continuait de s'irradier dans la nuit et d'éclairer les meubles de la petite chambre, il s'avança vers le chaudron et y jeta l'anneau. Aussitôt la flamme retomba. Bonaventure put enfin cesser de jouer de la flûte. Il abaissa son instrument et regarda le chaudron éteint en répétant :

— Il faut le voir pour le croire... Vraiment... Il faut le voir pour le croire...

Théophile était transporté de joie et d'excitation.

— Tu as vu la flamme ? ! répétait-il. Tu as vu ça ? ! Une flamme vert émeraude ! Et qui fusait, mon vieux ! Si je n'y avais pas jeté la bague, je crois bien qu'elle brûlerait encore... C'était dingue, non ? !...

— Oui, complètement !... J'ai peine à réaliser ce que mes yeux ont vu...

Il y eut un moment de complet silence, durant lequel les deux jeunes gens regardèrent le caquelon d'un air pensif. La petite flamme bleue du brûleur à alcool se mit à danser en tremblant, comme sous l'effet d'un courant d'air. Puis elle expira tout à coup avec un bruit mat.

— Allume, s'exclama Bonaventure. On n'y voit plus rien.

# 8
# Un petit diamant orange

THÉOPHILE alla presser l'interrupteur, et la chambre retrouva aussitôt son visage ordinaire. La flamme verte n'avait pas causé de dégâts au plafond, et le caquelon semblait intact. Mais qu'était-il advenu de la bague, jetée à la source même du feu ? Il n'en restait sans doute qu'une petite flaque d'or blanc. Les deux garçons s'avancèrent vers la table d'un pas circonspect. Au fond du caquelon, stagnait une épaisse fumée grise. Théophile se pencha sur le caquelon pour souffler cette brume qui cachait la bague, mais Bonaventure l'attrapa par le col et l'écarta brusquement de la table en disant :

— Fais gaffe ! Ça pourrait se remettre à fuser d'un seul coup. Tu as déjà failli y passer tout à l'heure...

Théophile haussa les épaules :

— Tu vois bien que tout est éteint, et qu'il n'y a plus aucun danger !...

— Que tu crois ! Imagine qu'il reste une petite braise cachée au fond du chaudron. En soufflant tu l'attises, la flamme verte redémarre et Wouff ! Elle te grille comme une saucisse ! Tu te réveilles un mois plus tard à l'hôpital, la tête couverte de bandelettes comme Tout Ankh Amon...

— C'était une flamme inoffensive, Bonav' ! Regarde, elle n'a même pas abîmé le plafond. C'est un peu comme ces feux que les cheminots allument pour souder les rails : ça fuse à deux mètres de haut et ça leur retombe en pluie d'étincelles sur la casquette, mais ça ne brûle pas...

— Ben voyons ! Ça fond les rails, mais à froid.

Théophile haussa les épaules et se pencha de nouveau sur le caquelon. Prudemment, il souffla sur la fumée qui se mit à tourbillonner comme

## UN PETIT DIAMANT ORANGE

l'eau du bain quand on ouvre la bonde. Les volutes grises montèrent vers le plafond où elles se dissipèrent en un voile impalpable. Au fond du caquelon, la bague gisait intacte. La flamme ne l'avait pas fondue. Théophile l'effleura du bout du doigt pour s'assurer qu'elle n'était pas brûlante, et il l'attrapa, le cœur battant. Il la haussa devant lui dans la lumière du lustre, et les deux garçons ne purent retenir une exclamation de stupeur : à la place du pépin d'orange brillait un petit diamant orangé taillé en navette. Un splendide et scintillant petit éclat de carbone d'un jaune doré.

— Mais je rêve ! s'exclama Bonaventure. Je rêve, ma parole ! Pincez-moi, que je me réveille !...

Non, il ne rêvait pas. Et Théophile non plus, quoiqu'il eût un peu de mal à admettre la réalité de ce qu'il voyait. Les deux jeunes gens venaient de réussir une parfaite transmutation, et ne laissaient pas d'en être ébahis.

— Passe-la moi une minute, demanda Bonaventure. Je veux la voir de plus près.

Théophile lui tendit le bijou. Il le fit tourner lentement devant ses yeux, et admira le diamant doré qui scintillait dans la lumière du lustre.

— Il est magnifique, murmura-t-il, très ému. Ma mère ne perdra pas au change...

— Tu n'as pas l'intention de lui rendre la bague, tout de même ! s'exclama Théophile scandalisé. Tu imagines ce qui se passerait, si par mégarde elle la faisait tourner ?

— Tu as raison ! J'oubliais le principal...

Il regarda de nouveau la bague, mais de très près cette fois, et demanda :

— Tu crois vraiment qu'elle a le pouvoir de rendre invisible ?

— Mais évidemment, voyons ! Décidément, tu resteras sceptique jusqu'au bout. Tu me fais penser à Saint Thomas...

— Qu'est ce qu'il a fait, Saint Thomas ?

— Il a mis ses mains dans les plaies du Christ, pour vérifier qu'elles n'étaient pas fausses !

— C'est dégoûtant ! Il se les était lavées avant, au moins ? !

— Jésus était déjà mort puis ressuscité, andouille ! Tu parles s'il avait peur des microbes !...

— Ne te fâche pas. Je disais ça sans penser à mal.

## Un petit diamant orange

— Je ne me fâche pas, je t'explique. Bon, qui commence ?
— Qui commence quoi ?
— Qui essaye la bague le premier ?
— Mais... Toi, bien sûr ! Tu t'es tapé tout le travail, il est naturel que tu passes le premier...
— Je te laisse mon tour, si tu veux. Tu es sceptique, ça te convaincrait...
— Non, je préfère que tu commences. J'ai un peu la trouille...
— Alors tu penses que ça peut marcher ?
— Je ne sais pas. J'ai les idées embrouillées par ce que je viens de voir...

Il fit un mouvement de tête pour rejeter ses tresses en arrière et tendit la bague à Théophile en ajoutant :
— Tiens, reprends-la. Je ne voudrais pas qu'elle me tourne entre les doigts par mégarde...
Théophile prit la bague et alla jeter un dernier coup d'œil à la recette scotchée sur la table.
*La bague peut dès lors être portée au majeur de la main droite. Il suffit de tourner le diamant vers la paume de la main pour se rendre invisible, et de le*

*tourner vers le dos de la main pour réapparaître aussitôt et à volonté.*

Il hésita, regarda la bague, puis la passa au majeur de sa main droite, qui tremblait un peu, comme tout le reste de sa personne d'ailleurs.

— Eh bien ! ? s'exclama Bonaventure. Qu'est-ce que tu attends ? Fais-la tourner !

— Minute ! J'hésite…

— Pourquoi ? Tu as peur, toi aussi ?

— Je me pose des questions. Imagine que je ne puisse plus réapparaître…

— Ça te ferait une bonne excuse pour louper l'école…

— Peut-être, mais il faudrait que tu expliques la chose à ma mère…

Bonaventure prit un air navré.

— Alors ça, je ne m'y vois pas du tout… Écoute, laisse tomber. On fera essayer la bague demain à Chaboud ou à Vindimian…

— Tu crois qu'ils accepteront ?

— Ils sont bêtes comme leurs pieds. Avec un peu d'astuce, on leur fait faire n'importe quoi… Il suffira de les provoquer en leur disant qu'ils n'en sont pas capables…

## Un petit diamant orange

— Ce serait mal de profiter de leur sottise, Bonav'... Non, il faut que j'essaye la bague moi-même, il n'y a pas à tortiller...

Il porta les doigts de sa main gauche à la bague et jeta un dernier regard à Bonaventure. Puis, lentement, il fit tourner le petit diamant orange.

Dès que ce dernier eut disparu dans le creux de sa main, il sentit un grand frisson lui courir sur tout le corps, comme lorsqu'un morceau de musique vous touche à vous donner la chair de poule. Il y eut une vibration aiguë de l'air autour de lui, et il lui sembla que deux cymbales d'argent se heurtaient entre ses oreilles. L'instant d'après il se désagrégeait et fondait en poudre de rubis brûlant. L'air se chargea d'une odeur de violette, et il disparut tout à fait.

Bonaventure recula d'un pas. Il tremblait comme une feuille. Il ouvrit la bouche pour appeler son ami mais ne parvint pas à moduler le moindre son. Il joignit et disjoignit ses lèvres plusieurs fois de suite comme un poisson, en montrant du doigt le vide que Théophile venait de laisser en se volatilisant. Puis, à force d'efforts, il

parvint à éructer quelques syllabes gutturales qui débouchèrent le passage.
— Théo ! s'écria-t-il, épouvanté. Où es-tu ?
— Je suis là. Devant toi, répondit une voix venue de nulle part.
Pris de panique, Bonaventure pirouetta en agitant ses tresses.
— Mais je ne te vois pas, nom de Dieu ! C'est fou ! C'est complètement fou ! Je deviens dingue, ma parole !...
— Calme-toi, tout va bien. Je vais me rematérialiser...
Presqu'aussitôt Théophile reparut, les doigts de la main gauche sur sa bague qu'il venait de faire tourner dans l'autre sens. Il se frotta les joues en disant :
— C'est drôle, j'ai les joues tout engourdies, comme quand on fait du vélo un jour de grand froid. Bizarre, hein ? !
Bonaventure était frappé de stupeur. Il regarda son ami sans dire un mot pendant une longue minute, puis demanda :
— Comment tu te sens ?
— Je viens de te le dire, Bonav' ! J'ai les joues

en coton, et des fourmis dans les jambes. Mais à part ça, je me sens très bien. Un peu léger, un peu électrique, mais très bien.

Bonaventure secoua ses tresses et se laissa tomber sur le lit. Il était blême, et l'émotion que lui causait ce qu'il venait de voir étranglait sa voix.

— Mon vieux, je crois que là on vient de décrocher le pompon ! C'est... Comment dire ?... Dingue ! Oui, dingue ! Archidingue, même ! Un truc pareil, qui aurait pu l'imaginer ?...

Comme les superlatifs lui manquaient, et qu'il voulait absolument exprimer sa joie, il prit Théophile dans ses bras et le serra longuement sur son cœur.

— Demain, reprit-il d'une voix chevrotante, on parlera de nous dans les journaux du monde entier ! Il va en débouler du monde, dans cette chambre ! Je vois déjà les équipes de télé... Ils mettront de gros câbles sur la moquette, et des parapluies blancs sous les fenêtres pour réverbérer le soleil et nous éclairer sous tous les angles. On nous passera de la poudre sur la figure avec une houppette, et on nous demandera d'expliquer en anglais aux journalistes de C.N.N comment on s'y est pris pour...

## Un petit diamant orange

— On n'expliquera rien à personne ! coupa sèchement Théophile. Ce qui vient de se passer dans cette chambre doit rester secret. Tu entends, Bonav' ? Secret ! Et d'ailleurs, tu vas me faire le serment que tu garderas le silence sur ce que tu as vu ce soir. Vas-y, jure sur la tête de ta mère, en levant la main droite et sans croiser tes orteils ni les doigts de ta main gauche... J'attends...

— Mais enfin, Théo ! Tu ne peux pas garder pour toi une si belle découverte ! Voyons, imagine tout le bien que ça peut apporter à l'humanité de se rendre invisible...

— Pauvre naïf ! s'indigna Théophile. Cette bague n'apporterait que le mal, au contraire. C'est la boîte de Pandore. On ne va pas l'ouvrir une seconde fois !...

Bonaventure ignorait ce qu'était la boîte de Pandore, mais il n'eut pas le loisir de demander des explications, car Théophile enchaîna :

— Veux-tu que je te dise ce qui se passera si on parle de la bague ? Et bien on commencera par nous fêter comme des princes, c'est vrai. La télé viendra ici, on interrogera ma mère et la tienne, on nous prendra en photo devant le caquelon. J'expliquerai que j'aime le patin et la lecture, et toi tu parleras de tes jeux vidéos. Et puis un beau matin, deux militaires en costume civil viendront nous demander des précisions sur la bague. Ils se feront insistants et nous devrons bien finir par leur expliquer la recette. Des espions invisibles se rendront à l'étranger pour y voler des secrets de défense, de commerce, d'industrie.... Il y aura des tensions diplomatiques, des menaces. Et ça finira par une belle guerre atomique, avec des petits enfants qui courent sur les routes, tout nus parce qu'ils viennent d'être déshabillés par le souffle de l'explosion. Il y aura des dos brûlés, des membres fondus, une grande chaleur et une pluie de flocons noirs sur le jardin Sainte Clothilde, et peut-être même des congères de neige radioactive sur le toit de la cabane à frites ! Et nous, nous serons dans notre salle de classe au collège, ou dans notre chambre, ou dans un cachot de l'armée, tout menus, tout recroquevillées, tout noirs, et désolés comme des merguez qu'on a oubliées sur le barbecue.

— Ben mon vieux, quel tableau ! Tu me donnes le grand frisson !

— C'est pour te faire comprendre que l'heure est grave. Mets-toi debout, et lève la main droite. Répète après moi : « Je jure sur la tête de ma mère de ne parler à personne de cette bague qui rend invisible. Que ma mère soit emportée par une maladie si je me parjure ! »

— Hé ! Ho ! Vas-y mollo avec ma mère ! Tu vas finir par lui porter la poisse... Je veux bien jurer de garder le silence sur ce que j'ai vu, mais pour le petit couplet sur la maladie tu repasseras !

Dès qu'il eut prêté serment, Théophile ôta la bague et la lui tendit en disant :

— Tiens, à ton tour ! Tu verras, c'est marrant...

Bonaventure fit un petit geste de dénégation.

— J'essaierai demain. Ce soir je suis fatigué. J'ai besoin de dormir...

— Tu n'as pas envie de voir comment ça fait d'être invisible ? !

— Si très. Mais demain. Là, je tombe de sommeil.

— Tu trembles de peur, oui ! Je te croyais moins trouillard...

— Si tu espères me faire essayer la bague en me provoquant, tu perds ton temps. Je ne suis pas

Chaboud ni Vindimian, moi... Je ne me jette pas au Rhône par défi ! Je te vois venir de loin, tu sais, avec tes gros sabots !

— Tu me vois venir de loin, parce que la peur te fait te percher haut. Mais après tout, c'est ton droit d'être poltron, et je n'ai pas l'intention de te forcer la main.

Bonaventure haussa les épaules.

— Ta bague, je l'essaierai demain, discrètement, dans les toilettes du collège. Et dès que je serai invisible, j'irai faire un tour dans les classes, histoire de rigoler un peu. À moins que ça aussi ce soit dangereux pour l'avenir de l'humanité. Je ne voudrais surtout pas déclencher par mégarde cette guerre thermonucléaire qui ravagera les pelouses du jardin Sainte Clothilde.

— Tant qu'on ne dit rien à personne et qu'on s'amuse discrètement, les pelouses ne courent aucun danger. Si tu veux, on peut même aller faire un tour chez les confiseurs et mettre la tête sous les tonnelets de bonbons, comme je te l'avais promis.

— Et que dira le confiseur en voyant ses tonnelets se vider comme par magie ?

— Il pensera qu'il a besoin de vacances, et il

fermera sa boutique. Mais nous, nous aurons eu le temps de bien nous régaler.

— Tope-là, Théophile ! s'écria Bonaventure en lui tendant sa longue main de musicien. Je te retrouve enfin ! Un moment, j'ai craint que la réussite ne t'ait ôté ta fantaisie.

Théophile lui claqua la paume, puis les deux jeunes gens entrechoquèrent leur poing et se serrèrent la main. Bonaventure alla récupérer sa montre sur la table. Il la passa à son poignet, la consulta machinalement et s'exclama :

— La vache ! Il est une heure du matin... Il faudrait peut-être qu'on pense à se coucher. Sinon demain on va bâiller en cours sans rien comprendre à ce que les professeurs nous diront.

— Oui, tu as raison. Couche-toi, si tu veux. Moi, je vais descendre laver le caquelon. J'en ai pour cinq minutes.

— Comptes-en dix, et récure-le bien à fond ! Il a mitonné une drôle de soupe, ton caquelon. Il ne faudrait pas que la prochaine fondue sème le deuil dans la famille.

# 9
# L'avertissement de monsieur Arkandias

LE lendemain matin, le radio-réveil fit de son mieux pour tirer les deux garçons du sommeil. Le carillon du bulletin d'information de sept heures n'eut à peu près aucun effet sur Bonaventure, qui mit le nez au plus mœlleux de son oreiller et disparut sous une houle de tresses mêlées. Un monsieur parla un moment d'un déraillement de train aux Indes, puis on entendit sonner des trompettes, et un chanteur à la voix nasillarde leur conseilla de ne pas aller à Rio sans se munir au préalable d'un petit chapeau. Théophile se retourna sous sa couverture et rêva qu'il grimpait à dos d'âne une petite colline parfumée de lauriers roses. Il avait sur la tête un chapeau de coton mauve tricoté au crochet et orné de pompons, et à l'index de la main gauche une bague dont la pierre était un énorme ananas. Bizarrement, cela ne le gênait nullement pour conduire son âne. Mais il était fort incommodé par les gouttes de sueur qui perlaient à son front, et qu'il n'osait pas essuyer de peur de se lacérer la chair avec les épines du gros fruit. Au bout d'un moment, l'âne lassé de recevoir des gouttes de sueur sur l'échine lui suggéra de se servir de sa main droite pour s'essuyer le front. Théophile mit aussitôt en œuvre cette idée astucieuse, et il s'en trouva mieux. L'air d'opérette cessa enfin et une voix féminine parla de l'anticyclone des Açores. Bonaventure grogna dans son oreiller et ouvrit un œil, au prix d'un grand effort de volonté. Mais cet œil, fixe et hagard, n'enregistrait pas le réel. Il le referma bien vite et bascula dans un puits sans fond qui ressemblait, en beaucoup plus grand, au caquelon de Théophile. Dans sa chute, il pensait à la flamme verte qui avait éclairé la chambre la veille au soir. Cette flamme fusante et phosphorique n'allait-elle pas jaillir des profondeurs pour le griller comme un insecte ? « Elle fond les rails » murmura-t-il en s'accrochant au gros oreiller. « Elle fond les rails, mais ne brûle pas les casquettes ! »

Marie frappa à la porte et les deux garçons se dressèrent dans le lit, les yeux mi-clos, hébétés de sommeil.

— Il est sept heures et demie, les enfants ! Dépêchez-vous de descendre déjeuner...

On entendit claquer des talons dans l'escalier, et les deux garçons poussèrent un gros soupir. Bonaventure se frotta longuement les yeux et marmonna :

— J'ai fait un horrible cauchemar ! Je tombais dans un puits, et j'avais très peur qu'une flamme verte ne jaillisse et ne me brûle. C'était affreux ! J'avais chaud, mon vieux ! Tu ne peux pas imaginer...

— Moi aussi j'ai eu chaud, cette nuit. Et il me semble que j'ai rêvé. Mais je ne me souviens plus de quoi.

Ils firent rapidement un brin de toilette et

achevèrent de s'habiller en descendant l'escalier. Marie leur avait préparé à chacun un bol de chocolat chaud et une assiette de céréales. Ils s'attablèrent sans dire un mot et Théophile se servit un verre de jus de mûre. Il tendit la bouteille à Bonaventure en demandant :

— Tu en veux ?

Mais Bonaventure ne répondit pas à sa question Les coudes sur la table et le menton dans les mains, il s'était rendormi derrière le lourd rideau de tresses qui lui masquait le visage. Le mieux était de le laisser finir sa nuit. Il aurait tout le temps de se réveiller tout à l'heure, sur son vélo.

Théophile déjeuna de bon appétit, but son lait chocolaté et mangea cinq tartines de confiture d'abricot. Marie, qui le surveillait du coin de l'œil tout en préparant une lessive, s'exclama :

— Tu manges pour deux, dis-moi ! Vous avez travaillé tard, hier soir ?

— On s'est couché vers minuit, mentit Théophile pour ne pas inquiéter sa mère. J'espère qu'on n'a pas fait trop de bruit...

— J'ai entendu la flûte de Bonaventure

## L'AVERTISSEMENT DE MONSIEUR ARKANDIAS

pendant vingt minutes environ, et puis je me suis endormie.

— Ça a dû te paraître un peu étrange, comme musique, non ?

— Ça m'a semblé faux. Mais de loin, et à travers les cloisons, il est difficile d'apprécier un air du Moyen Âge...

Elle jeta un coup d'œil à la pendule et ajouta :

— Ne traînez pas trop, ou vous serez en retard.

Théophile acheva de lécher le fond de son bol et débarrassa rapidement la table. Bonaventure n'avait touché à rien. La tête inclinée sur le côté, il dormait en respirant paisiblement. Le bout d'une de ses nattes trempait dans son bol de chocolat refroidi. Marie lui toucha l'épaule en disant doucement :

— Oh hé... Bonaventure... Réveille-toi, il est l'heure d'aller à l'école.

Bonaventure, les yeux bouffis de sommeil, écarta le rideau de tresses qui lui cachait le visage et protesta :

— Je ne dors pas, madame. Je réfléchis...

— Es-tu sûr de ne rien vouloir manger ? Je

n'aime pas beaucoup voir un garçon de ton âge partir pour l'école le ventre vide...

— On achètera un pain au chocolat en route, intervint Théophile. Maintenant debout, Bonav' ! Il faut vraiment qu'on y aille...

Les deux jeunes gens embrassèrent Marie, qui leur souhaita bonne chance pour l'exposé. Théophile s'en voulait un peu de mentir sans cesse à sa mère. Mais quoi, si chacun en ce monde se mettait à dire toujours la vérité, il n'y aurait plus moyen de s'amuser. Ils sortirent leur vélo du garage et s'éloignèrent dans l'allée gravillonnée. La journée promettait d'être superbe. Quelques petits nuages dorés pommelaient un ciel limpide que le mistral avait rincé comme une pierre de lavoir. Bonaventure pédalait un peu au hasard, en faisant des zigzags et en luttant contre une nouvelle attaque de sommeil. Théophile vint à sa hauteur et lui cria dans l'oreille :

— Réveille-toi, Bonaventure ! Tu es sur la route ! Et sur la route, on ne dort pas !

Bonaventure rectifia aussitôt sa position et se rangea sur le côté droit de la chaussée. D'un mouvement de tête, il rejeta ses tresses en arrière.

Puis il se mit à pédaler avec vigueur, en écarquillant démesurément les yeux.

Depuis un moment déjà, une grosse voiture noire suivait les deux jeunes gens sans qu'ils l'aient remarquée. C'est à peu près à hauteur de la rue Saint-Exupéry que cette voiture aux vitres fumées déboîta sans mettre son clignotant. Elle doubla les cyclistes et se rabattit aussitôt devant eux pour leur couper la route. Théophile eut le réflexe de serrer à mort ses deux freins. Il s'arrêta à quelques centimètres de la calandre de la voiture. Quant à Bonaventure, il bloqua sa roue arrière et tenta de partir en dérapage, mais il perdit l'équilibre et se coucha sur la chaussée, tout en douceur et comme dans un rêve. Il glissa sur l'asphalte sans pouvoir rien y faire et alla donner de l'épaule dans la portière avant. Théophile jeta son vélo par terre et se précipita vers son ami en criant :

— Bonaventure ! Ça va ? !

— T'inquiète, répliqua Bonaventure en se redressant. J'ai tapé en bout de course, ce n'est rien du tout.

Il tira son vélo de dessous la voiture et l'examina pour vérifier qu'il n'était pas abîmé.

Cependant, fou de rage, Théophile contournait la voiture aux vitres fumées en hurlant :

— Sors de là, fumier ! Qu'on s'explique !...

— Vas-y doucement, Théo ! C'est peut-être un costaud !

— J'en ai rien à fiche, moi, des costauds ! Les costauds, je leur pète la gueule !

Et d'un coup de pied, il pulvérisa le phare avant droit.

À cet instant, la portière arrière s'ouvrit et monsieur Arkandias parut. Il semblait très mécontent.

— Je vous prie de cesser de vous en prendre à ma voiture, jeune homme. J'ai demandé à Hortulain de vous couper la route parce que c'était le seul moyen de vous parler. Quand je vous aborde dans la rue, vous fuyez sur vos patins !

Théophile reconnut immédiatement le monsieur qui l'avait agressé l'avant veille dans la rue. Il s'avança vers lui, les poings serrés, en s'exclamant :

— Encore vous ! Mais vous nous collez aux fesses, ma parole ! N'allez-vous pas bientôt nous

## L'avertissement de monsieur Arkandias

ficher la paix ? ! Et d'abord, de quel droit êtes-vous venu voir ma mère hier ? Et comment avez-vous su où j'habitais ?

— Je sais bien des choses que vous ignorez, mon petit ami... Et contrairement à ce que vous semblez croire, je ne vous veux aucun mal. Je cherche simplement à vous protéger...

— En nous écrasant avec votre voiture ? ! intervint Bonaventure qui ne pouvait plus contenir son indignation. Drôle de façon de protéger les gens !

Monsieur Arkandias le regarda un instant avec étonnement, puis demanda :

— Ce garçon mal élevé est-il l'un de vos petits camarades ?

— Bonaventure est mon meilleur ami. Il n'est pas mal élevé, et je suis d'accord avec ce qu'il vient de dire. Comment osez-vous prétendre que vous voulez nous protéger, puisque vous venez de tenter de nous écraser ?

— Je vous ai seulement coupé la route. Si j'avais voulu vous écraser, vous ne seriez plus là pour me le reprocher. Maintenant, écoutez bien ce que j'ai à vous dire. Vous êtes parvenus, Dieu sait comment, à réaliser une transmutation hyperchimique des plus délicates, et...

— Vous vous trompez, répliqua Théophile. La recette a raté. Nous n'avons pas la bague...

— Ne mentez pas. J'étais dans votre jardin, cette nuit. J'ai vu la flamme verte..

— Vous nous avez espionné cette nuit ! ? Mais vous n'aviez pas le droit ! C'est de la violation de propriété privée ! Je me demande ce qui me retient d'appeler la police...

— Ne vous gênez pas, mon jeune ami. Les policiers seront charmés de s'entendre conter une histoire de flamme verte et de bague qui rend invisible. Ça leur rappellera leurs tendres années. Et vous n'aurez pas plutôt fini votre déposition que deux infirmiers vous conduiront dans un de ces lieux que les anglais appellent poétiquement des *Lunatic Asilum* ...Vous ne craignez pas les piqûres, j'espère ?

Arkandias avait raison. Quoique véridique, cette histoire était pourtant peu crédible, et mieux valait n'en rien dire à personne.

— Je sais que vous détenez la bague. Et je vous demande une dernière fois de me la confier, dans votre intérêt. Voyez-vous, un certain nombre de règles gouvernent l'utilisation de l'anneau. Enfreignez l'une d'elles, et vous êtes perdu.

— Vous mentez ! La recette dit qu'on peut se servir de l'anneau à sa guise... *La bague peut être portée au majeur de la main droite, et il suffit de tourner le diamant vers la paume de la main pour se rendre invisible, puis de le tourner vers le dos de la main pour réapparaître aussitôt et à volonté.* Vous voyez, j'ai bien retenu ma leçon...

Monsieur Arkandias eut un petit geste agacé.

— Ce n'est pas l'élève qui est en cause, mais le cahier. Il vous manque les quatre dernières lignes de la recette. Celles qui commencent par *Mais dès lors qu'on s'est rendu invisible, on doit se garder de...*

— Se garder de quoi ? demanda Bonaventure soudain très intéressé.

— N'espérez pas que je vous le dise. Ces quatre lignes sont tout ce qui me reste pour agir sur vous et vous convaincre de me donner la bague. Allons, mes enfants. Ne vous enferrez pas. Donnez-moi ce bijou, et qu'on en finisse.

Il leur tendit sa main gantée, en s'efforçant de

sourire pour inspirer confiance. Mais Théophile haussa les épaules.

— Vous êtes bien naïf de penser que si j'avais une bague qui rend invisible je vous la confierais. De toutes manières, si j'avais une bague de ce genre, je ne la porterais même pas sur moi.

Monsieur Arkandias hocha la tête d'un air navré :

— Dieu que ce jeune homme est têtu ! murmura-t-il. Je n'ai jamais rencontré personne qui fût aussi têtu que lui...

Il se toucha le menton du bout des doigts et se mit à réfléchir, puis ajouta tout à coup sur un ton de colère :

— Tant pis, après tout ! J'ai mieux à faire que de perdre mon temps avec de jeunes coqs présomptueux et sots. Puisque vous ne voulez pas me confier la bague, gardez-la, et jouez avec. De toutes manières, vous ne jouerez pas longtemps.

Il remonta dans sa voiture, et cria un ordre à son chauffeur tout en claquant la lourde portière. La Rolls Royce noire s'éloigna presque sans bruit vers la rue Fodoré.

— Quel énergumène, ce type ! lança Bonaventure en remontant sur son vélo. Il nous bouscule avec sa voiture, et ensuite il nous engueule ! Tu as bien fait de lui casser son phare.

— Je crois que cette fois il a compris. Il n'insistera plus.

— Tu crois que c'est vrai, cette histoire de lignes manquantes ?

— Penses-tu ! Il bluffait... D'ailleurs tu as bien vu que j'ai essayé l'anneau hier au soir, et qu'il ne m'est rien arrivé de fâcheux. Non, à mon avis il a inventé ça pour nous faire peur. Il pensait sans doute qu'on lui donnerait la bague. Mais il peut toujours s'accrocher.

Bonaventure opina du chef et glissa la pointe de sa chaussure dans son cale-pied droit.

— Tout de même, dit-il après un petit temps de réflexion, c'est embêtant qu'il ait une si grosse voiture.

— Pourquoi ? Tu as peur qu'il revienne t'écraser pour de bon ?

— Non. Mais ça prouve que ce n'est pas un illuminé. Il gagne de l'argent. Il a les pieds sur terre. Et ça, ça ne présage rien de bon.

Cette fois, les deux garçons étaient en retard.

Pour rattraper le temps perdu et éviter les embouteillages, ils décidèrent d'emprunter les trottoirs. Ils remontèrent la rue Fabre à toute allure, et quelques piétons stupéfaits ne durent leur salut qu'au réflexe qui les précipita sous l'abri d'une porte cochère. Théophile se mit en danseuse dans la côte de la Ronce, et Bonaventure l'imita de fort mauvaise grâce, en geignant qu'il avait mal aux cuisses et qu'il voulait dormir.

— Tu dormiras en cours ! souffla Théophile tout à son effort. Pour le moment, pédale !

Ils se présentèrent devant les grilles du collège au moment où monsieur Rosier, le concierge s'apprêtait à les refermer.

— On peut passer, m'sieur ? demanda Bonaventure d'une voix haletante. On vient d'avoir un accident.

— Je ne veux pas le savoir, répliqua le concierge. Faites le tour, et aller prendre un billet de retard au secrétariat.

— Mais ce n'est pas juste, monsieur ! intervint Théophile. On vient de vous dire qu'on avait eu un accident…

Le concierge haussa les épaules.

— Le coup de l'accident, on me le fait dix fois par jour. Et quand ce n'est pas un accident, c'est une crevaison. Il y a toujours quelque chose... Alors moi, maintenant, tout ce que je vois, c'est l'heure. Et quand l'heure est passée, on fait le tour et on va prendre un billet de retard au secrétariat.

— Mais je vous jure que j'ai vraiment eu un accident ! s'indigna Bonaventure. J'ai été renversé par une grosse voiture noire à l'angle du boulevard Paul Cézanne et de la rue Fodoré !... J'ai des témoins.

— Ah oui !? Qui ça ? Votre jeune ami ? Celui qui est aussi en retard que vous ?

— Parfaitement ! s'écria Théophile. J'ai tout vu !

— Et moi je suis sûr que si je vous accompagne au café Carabosse, on me dira que vous n'avez pas voulu quitter le flipper pour ne pas perdre les parties gratuites que vous veniez de gagner ! Il y a vingt ans que je suis concierge. Alors la musique, vous pensez si je la connais ! Faites demi-tour, et allez prendre un billet de retard au secrétariat.

Sur ces paroles définitives, il fit claquer la serrure et s'éloigna dans la cour en bougonnant.

— Il nous parle du café Carabosse parce qu'il le connaît bien, lança Bonaventure perfide. Tous les matins à sept heures il y siffle son petit ballon de blanc ! Après ça il joue au flipper. Mais il ne gagne jamais de partie gratuite. C'est difficile de bien jouer quand on voit double...

— Allons, fit Théophile en le regardant s'éloigner dans la cour d'un pas titubant, ne l'accable pas. Ce n'est qu'une pauvre épave douloureuse. Faisons le tour, et allons prendre ce maudit billet au secrétariat.

Ils ne parlèrent pas de l'accident à monsieur le Principal, qui signait les billets de retard. Mieux valait ne pas compliquer l'affaire. Ce dernier les admonesta longuement, et ils l'écoutèrent en baissant les yeux et en prenant une contenance aussi modeste que possible. Puis ils coururent ranger leur bicyclette sous un auvent de tôle ondulée rouillée qui faisait office de garage à vélos.

— Quand une journée commence comme ça, maugréa Bonaventure en bouclant son antivol, il y a toutes les chances qu'elle finisse mal.

## L'AVERTISSEMENT DE MONSIEUR ARKANDIAS

Théophile secoua sa chevelure cendrée et donna une tape à la poche de son pantalon en répliquant :

— J'ai la bague dans ma poche, et on a eu ce matin tous les ennuis d'une journée normale. Il ne nous reste que le bon à vivre, Bonav' ! On va bien s'amuser...

Mais monsieur Tourette attendait les deux retardataires de pied ferme. Sitôt entrés, ils furent priés de passer au tableau pour y réciter la liste des verbes irréguliers.

— Ça continue, chuchota Bonaventure en montant à pas lents vers l'échafaud. Ça continue, et ça n'est pas près de finir.

Ils ânonnèrent leurs verbes, et monsieur Tourette leur fit quelques questions sur le pluperfect et sur le prétérit progressif. Ils regagnèrent finalement leur pupitre, complètement épuisés.

Le temps leur parut bien long jusqu'à la récréation de dix heures. Toutes les cinq minutes, Théophile touchait sa poche pour sentir les contours de la bague à travers l'étoffe de son pantalon. Il aurait bien aimé passer l'anneau à son doigt et disparaître sous le regard éberlué de ses camarades, mais il craignait un mouvement de panique. Et puis qu'aurait pensé Bonaventure en le voyant agir de la sorte, lui qui avait prêté serment ? ! Non, décidément mieux valait garder le secret et utiliser la bague sans témoin dans un coin tranquille. Il repoussa l'anneau tentateur au fond de sa poche et fit un gros effort pour ne plus y penser.

Enfin, la cloche sonna. Les élèves se mirent à fourrer à grands bruits leurs affaires dans leur cartable. Théophile alla réveiller Bonaventure, qui dormait le menton dans les mains sur son pupitre, et les deux garçons quittèrent la salle de classe.

— Je vais aller me cacher dans les toilettes, lui dit-il. Je serai dans la première cabine à droite. Laisse passer cinq minutes, et rejoins-moi...

— Entendu, fit Bonaventure en réprimant un bâillement. À tout de suite.

# 10
# Le retour de la flamme verte

SITÔT dehors, Bonaventure essuya les assauts de Vindimian, qui était passionné de jeux vidéo et voulait absolument une copie du logiciel de simulation de vol en navette spatiale.

— Je ne peux pas te faire de copie, Vindimian ! Le logiciel est plombé. Mais je te le prêterai dès que j'aurai passé le cap des alunissages.

— Merci, Bonav' ! Tu es un pote, un vrai. Je n'oublierai pas ça...

Ils marchèrent quelques minutes dans la cour en discutant de tout et de rien, puis Bonaventure consulta sa montre en disant :

— Excuse-moi. Un besoin pressant...

Il s'éloigna vers les toilettes, et entra discrètement dans la première cabine à droite, celle du rendez-vous. Théophile l'attendait assis sur l'abattant fermé du cabinet. Il avait sorti la bague de sa poche, et pour passer le temps il s'amusait à la faire miroiter dans un rayon de soleil. Le petit bijou jetait contre les murs des taches mouvantes qui faisaient songer à un miroitement d'eau claire sur des galets.

— Tu commences, Théo ? demanda Bonaventure. Ou bien c'est moi qui m'y colle ?

— Ce qui serait drôle, c'est qu'on se rende invisible tous les deux, et qu'on aille tirer les oreilles de monsieur Rosier pour lui apprendre à nous fermer le portail au nez...

— Bonne idée. Ça lui flanquera une telle trouille qu'il se mettra peut-être à l'eau minérale. Commence, toi, et dès que tu seras invisible tu me passeras la bague...

## LE RETOUR DE LA FLAMME VERTE

Théophile mit le bijou au majeur de sa main droite et fit descendre le diamant orange vers le creux de sa paume. De petits lézards électriques lui coururent aussitôt le long de l'échine, tandis que des frissons le faisaient trembler. C'était une impression tout à la fois agaçante et délicieuse. Il cligna de l'œil à Bonaventure et voulut faire un pas vers lui. Mais ses jambes étaient plus pesantes et plus molles que de la neige fondue. Il chancela et porta ses mains à ses tempes en fermant les yeux. Jamais il n'avait éprouvé pareille sensation. On eut dit qu'une tempête se levait en lui. Tout à coup un gong de cristal lui sonna dans la tête, et il devint diaphane et vibrant comme une fumée de havane traversée de soleil. Une fugace odeur de violette embauma l'air. L'instant d'après, il avait disparu.

— La vache ! souffla Bonaventure. On a beau y être préparé, ça fait quelque chose...

— Je vais te passer l'anneau, dit une voix devant lui. Tends ta main, paume en l'air, que je le pose dessus.

Bonaventure s'exécuta, et eut la surprise de voir apparaître dans l'air un minuscule point de phosphore vert émeraude. Il pensa tout d'abord que ce point lumineux matérialisait la bague que Théophile s'apprêtait à lui remettre. Mais quelle ne fut pas sa stupeur lorsque le point se mit à grossir et à briller plus vivement en dégageant une épaisse fumée verte.

— Qu'est-ce qui se passe ? demanda-t-il en reculant d'un pas. C'est quoi, ce truc ?

— Je ne sais pas. Je crois que je viens de perdre la bague. Elle m'a échappé des mains...

— Comment ça, elle t'a échappé des mains ? !

Devant eux, le point de phosphore ne cessait de grandir et de fumer. Il devint peu à peu une haute flamme d'un vert éblouissant, qui se mit à fuser en éclairant les murs et la chasse d'eau.

— La flamme verte ! hurla Bonaventure épouvanté. Revoilà la flamme verte !... Sortons vite !

— Surtout pas ! Si les autres voient la flamme, nous sommes perdus. Reprends-toi, Bonav' ! Tu vois bien que ça ne brûle pas...

Ça ne brûlait pas, en effet. Mais la fumée épaisse ne tarda pas à rouler sous la porte et à se répandre dans la cour en une lourde nappe vert émeraude, plus dense que le Fog Londonien. Les élèves stupéfaits regardèrent ce curieux brouillard phosphorescent qui flottait au ras du sol et cachait leurs pieds, puis l'un d'eux courut vers le secrétariat en hurlant :

— Venez vite ! Il y a le feu dans les cabinets.

Monsieur Rosier parut, un extincteur à la main. Il s'élança au pas de gymnastique à travers la cour, vers la porte d'où continuaient de s'échapper de gros panaches de fumée verte. Comme elle était fermée de l'intérieur, il l'ébranla de coups de poing en criant :

— Il y a quelqu'un, là-dedans ?

Dans le cabinet, la panique des deux jeunes gens était à son comble.

— Qu'est-ce que je fais ? demanda Bonaventure en regardant autour de lui et en secouant ses tresses en tout sens. J'ouvre ?

— Mais non voyons, malheureux ! Tu vas nous faire prendre.

Une deuxième grêle de coups s'abattit sur la porte.

— Ouvrez, hurla monsieur Rosier de sa voix de stentor. Ouvrez tout de suite, ou j'enfonce la porte.

— On est cuit, Théo. Si je n'ouvre pas, il va faire sauter le verrou.

— Donne-moi une minute ! Je cherche la bague...

— Mais elle a fondu, ta bague ! Tu ne comprends pas qu'elle s'est désintégrée sous nos yeux ? Le point vert, c'était ça ! Elle est partie en fumée !...

— En fumée ? ! Mais pourquoi ?

— Je ne sais pas moi. On a dû se tromper quelque part. Allons, je vais ouvrir la porte. Tiens toi prêt à t'échapper...

— Tu veux que je m'échappe ? ! Mais c'est inutile ! Je suis invisible...

— Tu es invisible, mais pas impalpable. Si Rosier bute sur toi en entrant dans les cabinets, ça risque de tout compliquer...

— Mais... Et toi ?

— Moi, je suis fichu. Je dirai à Rosier que je jouais avec des feux de Bengale, et il me donnera quatre heures de colle. Rendez-vous à midi aux vélos. Tu es prêt ?

— Oui. Vas-y, ouvre.

Bonaventure tira le loquet et ouvrit la porte en grand. Il se sentit frôlé par Théophile qui prenait la fuite, puis il reçut en pleine figure un jet de mousse blanche. Monsieur Rosier venait de déclencher son extincteur.

— Sors de là, petit misérable. Écarte-toi, que j'éteigne ce feu.

Bonaventure sortit des toilettes et laissa monsieur Rosier se démener avec sa lance. Le titubant concierge prenait son rôle très au sérieux. Il aspergea longuement la cuvette et les murs du petit édicule, en serrant les mâchoires et en plissant les yeux comme un soldat du feu.

— On dirait Robert De Niro dans *Les pompiers de l'Apocalypse,* plaisanta Vindimian qui s'était approché pour mieux voir. Il ne lui manque que le casque et les bottes en cuir d'Hippopotame...

— Et le gyrophare, ajouta Chaboud.

— Avec le nez qu'il a, pas besoin de gyrophare, acheva Bonaventure à voix basse. On le voit venir de loin dans le rétroviseur...

La fumée se dissipa peu à peu, et Bonaventure constata avec soulagement que la flamme verte ne brûlait plus. Monsieur Rosier examina le sol avec soin pour y chercher des indices et demanda :

— Tu jouais avec des pétards, n'est-ce pas ?

— Je vous jure que non, m'sieur. Je suis venu

faire pipi et j'ai trouvé une drôle de petite boîte qui fumait sur l'abattant des cabinets. Je l'ai écartée d'un coup de pied et ça a pris feu. Et puis ça s'est mis à faire de la fumée, et je n'ai plus rien vu du tout...

— Pourquoi n'as-tu pas ouvert tout de suite quand j'ai frappé ?

— Je ne trouvais plus le loquet, à cause de la fumée... Et puis je n'avais plus toute ma tête, parce que je commençais à suffoquer...

— Tu ne manques pourtant pas d'air, petit voyou ! Je n'ai jamais vu un bagout pareil !

À ces mots, Bonaventure ouvrit de grands yeux candides et prit l'air le plus innocent du monde :

— Moi, m'sieur ? Du bagout ? ! Ça m'étonnerait. Je ne sais même pas ce que c'est...

Monsieur Rosier le dévisagea un court instant et s'écria :

— Mais je te reconnais ! Tu es mon accident de vélo de ce matin ! Ah ça ! Mais tu ne manques pas de toupet, décidément !

Bonaventure baissa les yeux. Il venait de comprendre que les apparences étaient contre lui, et que tous ses efforts pour se disculper ne serviraient qu'à l'enfoncer davantage. Mieux valait se taire.

— Suis-moi chez monsieur le Principal, lui intima le concierge en le prenant par la manche. Bonaventure se dégagea d'un geste brusque.

— Pas la peine de me brutaliser, je vous suis. Mais j'aime mieux vous prévenir tout de suite qu'à la moindre gifle, je fais établir un constat médical.

# 11
# Un moment de solitude

THÉOPHILE consterné regarda son ami s'éloigner vers le secrétariat. Il mourait d'envie de gifler monsieur Rosier, ou de lui faire un croc-en-jambes, ou de lui jeter une poignée de sable dans les yeux. Mais ça ne sauverait pas Bonaventure, et ça risquait même de le desservir en braquant davantage monsieur Rosier contre lui. Il s'abstint donc de châtier l'infâme concierge, et mit ses deux poings dans ses poches, rageusement.

Bonaventure et monsieur Rosier disparurent à l'intérieur du bâtiment, au moment même où la cloche sonnait la fin de la récréation. Théophile s'adossa au tronc d'un platane pour n'être pas bousculé par les élèves qui s'étaient mis à courir en tous sens, et il croisa ses bras sur sa poitrine en attendant la dispersion de la horde. La cour se vida en quelques minutes, et la paix tomba sur le collège. Le soleil perça de ses lances d'or les feuillages des platanes, et les tourterelles parurent ressusciter dans la charpente du préau.

Théophile quitta son platane et fit quelques pas dans la cour, qu'il n'avait jamais connue si calme. Des pigeons s'étaient posés sur les lavabos de faïence blanche, et ils ployaient le cou pour boire aux robinets qui gouttaient. Il s'approcha d'eux et put les regarder de très près sans qu'ils en soient effarouchés. L'invisibilité avait du bon. Mais tout à coup il réalisa que son siège resterait vide en cours de géographie, et qu'il lui faudrait justifier son absence. Cette pensée l'accabla. Délaissant ses observations ornithologiques, il alla tristement s'asseoir sur un banc du jardin pour faire le point de la situation.

Elle n'était guère brillante. Il était bloqué dans l'invisible sans moyen de retour, et d'ici une heure ou deux on allait peut-être appeler sa mère à son travail pour lui signaler qu'il venait de manquer le cours de géographie. Marie paniquerait en apprenant la disparition de son enfant, et elle appellerait les gendarmes. Il y aurait des battues dans le bois de Combovin, et des flashs au journal télévisé. On accablerait Bonaventure de questions et de coups de bottin sur la tête, et il finirait par tout avouer. Alors la recette tomberait entre les mains des militaires et ce serait la fin du monde, avec force congères de neige noire sur les pelouses du jardin Sainte-Clothilde. Un sanglot lui monta dans la gorge, et il se prit le visage dans les mains en murmurant : « Mon Dieu ! Mais qu'ai-je fait ! Qu'ai-je fait !... »

Il passa ainsi une dizaine de minutes, dans un sentiment d'affreuse déréliction. Il se sentait seul au monde, et aurait tout donné pour que Bonaventure fût à ses côtés. Mais Bonaventure était sans doute encore dans le bureau de monsieur le Principal, à subir mille tourments. Bizarrement, cette pensée lui redonna du courage. Son ami souffrait par sa faute. Il n'avait pas le droit de perdre espoir. Et puis après tout, d'autres que lui étaient dans des situations inextricables de par le monde. Il y avait les aveugles, les sourds et les paralytiques. Ces gens aussi étaient piégés dans un handicap, tout comme lui. Certes, son infirmité à lui était d'une espèce peu ordinaire. Mais après tout, il y voyait clair ! Il pouvait courir, nager, et écouter le chant des oiseaux. Non, il n'avait pas le droit de se plaindre. Et d'ailleurs, la situation n'était pas si désespérée que ça. La bague était peut-être encore quelque part dans les toilettes… Tout ragaillardi, il se mit debout et courut vers les cabinets.

Il passa le reste de la matinée à chercher en vain la bague dans tous les coins et recoins du petit édicule, et dut finalement se rendre à l'évidence : elle s'était bel et bien désintégrée. Le grain de phosphore vert que Bonaventure et lui avaient vu apparaître spontanément dans la pénombre, c'était la bague qui entrait en combustion. Aucun doute sur ce point. Il n'existait dorénavant plus aucun espoir de la retrouver. Mais en revanche, tout n'était pas perdu. Il restait un dernier recours, en la personne de monsieur Arkandias ! Ce grand savant, avec sa grosse voiture et ses grands ongles noirs. Ce cher, ce précieux, ce sympathique monsieur Arkandias... Il saurait quoi faire, lui. N'avait-il pas déclaré le matin même que son plus grand désir était d'aider Théophile ? Pas de doute ! Elle était là, la solution ! Il n'y avait qu'à courir chez ce monsieur pour se faire soigner, comme on court chez le docteur quand on a la grippe.

Théophile retraversa la cour en faisant des pirouettes et en battant des entrechats. Mais tout à coup une pensée le cloua sur place : L'adresse d'Arkandias ! Il ne l'avait pas ! Il repensa aux paroles de Bonaventure : « Quand une journée commence comme ça, il y a toutes les chances qu'elle finisse mal... ». C'était prophétique, il s'en rendait compte, à présent... Comme sa montre était invisible, il alla jeter un coup d'œil à la pendule du préau. Midi moins cinq. Bonaventure n'allait pas tarder à sortir de classe. Il poussa un gros soupir, donna un coup de pied à une boule de platane et s'en fut mélancoliquement vers leur rendez-vous du garage à vélos.

Bonaventure le rejoignit quelques minutes seulement après que la cloche eut sonné. Il avait noué ses tresses en paquet sur son cou avec un ruban, et il mâchait nerveusement un gros chewing-gum à la banane. Il s'approcha de son vélo et regarda de tout côté en murmurant :

— Théophile ? Tu es là ?...

Vindimian, qui avait l'ouïe fine, se tourna vers lui :

— Qu'est-ce qui te prend d'appeler Théophile ? Tu viens de nous dire qu'il était rentré chez lui !...

— Je n'appelle pas Théophile. Je disais juste : « Le vélo de Théophile est là ! » parce que je viens de voir qu'il l'avait oublié...

— Mais c'est vrai, dis donc ! Il a laissé son vélo !... Il faut croire qu'il était drôlement malade...

— N'exagérons rien. Il avait un peu mal au ventre, c'est tout. Mais c'est vrai que ça peut gêner pour pédaler. Bon allez, à tout à l'heure Vindimian...

Il fit mine de chercher quelque chose dans son petit sac à dos de toile, afin de laisser à Vindimian le temps de s'éloigner. Puis dès qu'il fut seul, il renouvela sa question, mais à voix très basse cette fois :

Un moment de solitude

— Théo, où es-tu ?
— À côté de toi, Bonav'. À un mètre sur ta droite.

Bonaventure tourna son regard vers la droite, mit sa main devant sa bouche comme pour réprimer un bâillement, et murmura discrètement :
— Vindimian m'a entendu t'appeler. Mais j'ai pu rattraper le coup. Tu as vu ? Du grand art.
— J'ai vu, oui. Qu'est-ce que tu as raconté au prof ? Tu as dit que j'étais malade ?
— Oui. J'ai dit que tu avais été pris de coliques pendant la récréation, et que tu avais dû rentrer chez toi changer de pantalon...
— Tu aurais pu trouver autre chose ! C'est ridicule, la colique !
— Peut-être, mais ça arrive sans prévenir, et ça empêche de travailler. Et puis c'est tout ce qui m'est venu à l'esprit... L'essentiel, c'est qu'ils m'aient cru... Tu imagines un peu, s'ils avaient appelé ta mère ?
— Tais-toi ! Je n'ai pensé qu'à ça toute la matinée... Comment ça s'est passé pour toi, chez Rosier ?

— Couci-couça. J'ai soutenu que j'avais trouvé le feu de Bengale dans les cabinets. Mais j'ai fini par admettre que c'est moi qui l'avais allumé, poussé par la curiosité...

— Bilan ?

— Quatre heures de colle, et un mot sur le carnet de correspondance. Pour le mot, j'imiterai la signature de ma mère, et pour les heures de colle, j'apporterai la notice technique de mon Flying Simulator, histoire de potasser l'alunissage... L'un dans l'autre, je m'en tire bien. Mais toi, que comptes-tu faire ?

— Je ne sais pas. La bague est perdue, et il n'est pas question d'en refaire une avant l'année prochaine, à cause de la cinquième lune... Un moment, j'ai eu l'idée de parler de mon malheur à monsieur Arkandias, mais...

— Mais ?

— Je ne sais pas où il habite. Et après le coup de ce matin, je doute qu'il se manifeste à nouveau...

— Mon pauvre Théophile, nous sommes dans la mouise. Mais il y a un proverbe de chez moi qui dit : « Tout s'arrange, sauf la mort. » Viens, marchons un peu. À force de parler tout seul avec une main devant la bouche, je vais finir par attirer l'attention.

Ils s'éloignèrent vers le portail. Bonaventure marchait en poussant son vélo, et marmottait par souci de discrétion :
— À quelle heure es-tu censé rentrer chez toi ce soir, Théo ?
— Vers dix-huit heures... Dix-huit heures trente, au plus tard...
— Ça nous laisse six heures pour trouver Arkandias et faire en sorte qu'il te guérisse. Passé ce délai, ta mère paniquera. Mais pour le moment, elle est tranquille. Bon, procédons avec méthode. Comment es-tu entré en contact avec Arkandias pour la première fois ?
— Par un mot qu'il m'a laissé à la bibliothèque.
Bonaventure se frappa la cuisse.
— Excellent, ça ! Il fréquente la bibliothèque. On a qu'à aller le guetter là-bas !
— Ça ne donnera rien, Bonav'. Il n'y va pas souvent. Et je sais de quoi je parle. Moi, la bibliothèque j'y suis toujours fourré.

— Tu as une meilleure idée, peut-être ?
— Non.
— Alors en route ! Je roulerai doucement, pour que tu puisses me suivre à petites foulées. On va le retrouver, ton type, fais-moi confiance.

Comme la bibliothèque n'ouvrait qu'à une heure et demie, ils durent prendre leur mal en patience. Ils s'installèrent sur un banc du jardin et se mirent à surveiller les allées et venues des passants, dans l'espoir d'apercevoir monsieur Arkandias. Mais naturellement, il ne se montra pas.
— Il est peut-être resté en salle de lecture, chuchota Bonaventure. Ça arrive assez souvent que des chercheurs fassent ça. Les gens passionnés, parfois, ça oublie de manger.

Il prit dans sa poche un sachet de papier et le posa sur le banc en ajoutant :
— C'est des nounours en chocolat. Tape dedans, ne te gêne pas. Il faut qu'on prenne des forces, si on veut coincer notre oiseau.

Il se fourra quatre nounours dans la bouche, et mâcha avec un plaisir évident le gros pâton de

guimauve chocolatée qui lui fondait en délice dans le gosier.

— Vas-g'y ! Mange ! murmura-t-il en poussant le sachet de papier vers Théophile. Tu ne chais pas qui te mangera...

Le sac se mit à bruisser comme sous l'effet du vent, et on vit s'élever dans l'air un nounours qui disparut avec un petit « Glop ».

— Alors ça, c'est marrant ! pouffa Bonaventure. Il y aurait des sous à gagner au music-hall, avec un truc pareil !

Il essayait de détendre l'atmosphère, mais manifestement, ça ne marchait pas. Théophile soupirait à fendre l'âme. Il refusa obstinément de manger un second nounours.

Enfin, la bibliothèque rouvrit ses portes. Hélas, monsieur Arkandias n'était pas en salle de lecture. Les deux jeunes gens le cherchèrent en vain dans les allées et aux tables du premier étage. Bonaventure alla même demander à madame Benedetti si elle n'avait pas revu « le monsieur bien habillé avec de longs ongles noirs ». Madame Benedetti répondit que non, et elle en profita pour demander des nouvelles de Théophile.

## Un moment de solitude

— Il n'est pas venu samedi. On ne le voit plus ces temps-ci.

C'était une parole maladroite. Mais comme elle ignorait le malheur de Théophile, ce dernier n'y vit pas de malice.

— On a beaucoup de travail, vous savez. Le collège, ce n'est pas comme l'école primaire. Mais vous le reverrez bientôt, n'ayez crainte. Il vous rapportera *Le Comte de Monte-Cristo*.

Les deux garçons retournèrent s'asseoir sur leur banc. Ils étaient dépités et ne savaient plus à quel saint se vouer.

— Si on allait faire un tour rue des Tanneurs ? C'est bien là qu'il a essayé de t'arracher ton sac à dos, non ?

— Il m'avait suivi, Bonav'... Il ne passe pas ses journées rue des Tanneurs... Non, inutile d'insister, tout est perdu. Il ne me reste plus qu'à rentrer chez moi et à tout avouer à ma mère. J'espère que ça ne va pas trop la désespérer...

— Veux-tu que je t'accompagne ? Je pourrais lui présenter les choses progressivement... La préparer un peu... Parce que si de but en blanc tu la secoues par la manche en lui disant que tu es invisible, tu la tues, ta mère !

— Tu ferais ça pour moi ?

— Naturellement. Je suis ton ami, non ?

Ils passèrent encore un moment sur le banc, à réfléchir à la façon de présenter les choses. Puis Théophile prit son courage à deux mains et se leva en disant :

— Allez, de toute façon ça ne sert à rien de tergiverser. Plus vite on en aura fini, mieux ce sera.

Ils prirent le chemin de la maison.

# 12
# Le colis
# de monsieur Arkandias

*L*ES deux jeunes gens passaient devant la boutique de produits chinois de l'impasse de Grenette quand le destin leur vint en aide.

Bonaventure, qui n'avait pas pris de petit déjeuner ni de repas de midi, se mit à saliver à la vue des pâtisseries exotiques.

— Attends-moi une minute, Théo, fit-il en appuyant son vélo contre le mur. J'ai besoin de prendre des forces avant d'affronter ta mère. Je vais aller m'acheter un truc chez le chinois.

— Je t'accompagne. Ça me changera les idées. Quand je suis tout seul, je broie du noir.

Les deux jeunes gens franchirent le rideau de perles de bois, et Théophile repensa à la déception qui avait été la sienne quand il était ressorti sans son œuf de la boutique de monsieur Wou Han, le samedi précédent. Il ne connaissait pas son bonheur, en ce temps-là, et tout ce qui lui importait alors était de se rendre invisible. Quel imbécile il avait été ! Il se serait donné des baffes ! D'ailleurs il s'en donna une, à la stupéfaction de Bonaventure que ce petit bruit sec fit sursauter.

— Qu'est-ce qui t'arrive ? Tu t'es emplafonné la vitrine ?

— T'occupe ! Avance, et achète ton gâteau.

Monsieur Wou Han parut, en chemisette blanche et pantalon de velours noir. Il avait lissé ses moustaches avec un peu de brillantine à la rose, et il était rasé de près.

— Bonjour, Bonaventure, lança-t-il aimablement. Il y a longtemps que je ne t'avais pas vu. Tu as grandi, il me semble. Comment va ta maman ?

## Le colis de monsieur Arkandias

— Bien, merci. Et vous-même, monsieur Wou Han, comment allez-vous ?
— Pas trop mal, merci. Les affaires marchent à peu près. Tu es venu m'acheter un gâteau, je parie...
— J'ai vu des boules d'or, en vitrine. Je crois que je vais en prendre deux.

Il raffolait des boules d'or, ces sphères de pâte merveilleusement élastique et dorée, fourrée de frangipane et parfumée au miel. Monsieur Wou Han prit sous le comptoir une petite pelle transparente et un sachet de papier, et il se dirigea vers sa vitrine. Théophile dut faire un saut de côté pour l'éviter. C'était un des petits désagréments de la condition d'homme invisible que cette nécessité d'esquiver sans cesse des gens. Les piétons qui ne vous voient pas ont tendance à penser que vous n'existez pas, et ils fondent sur vous d'un air obtus en vous regardant droit dans les yeux. Théophile l'avait éprouvé dix fois. Pour se mettre à l'abri de monsieur Wou Han, il passa donc derrière le comptoir. Il alla se placer près de la caisse enregistreuse, et posa son menton sur ses mains croisées. Au fond de la boutique,

Bonaventure n'en finissait plus de choisir ses pâtisseries. Pour passer le temps, Théophile promena son regard sur les pense-bêtes que monsieur Wou Han avait scotché partout. *Riz gluant quatre fois vingt-cinq kilogrammes Ets Parmentelat. Litchis boîtes le 22-04. Passer banque chèque Jabouille urgent. Paquet Arkandias ce soir poste urgent.*

Ce dernier message retint son attention. Ainsi donc, monsieur Arkandias avait un homonyme en ville ! Et le plus drôle, c'est que cet homonyme était client de la boutique... Cette coïncidence commença par l'amuser, puis tout à coup elle lui parut troublante. « C'est peut-être mon Arkandias, après tout, qui est venu ici commander des ingrédients exotiques pour ses recettes. Je dois absolument en avoir le cœur net... ». Il jeta un coup d'œil à monsieur Wou Han, qui était en grande conversation avec Bonaventure à qui il expliquait point par point la recette du nougat au sésame, et il s'éclipsa dans l'arrière-boutique.

Cette petite pièce n'était rien d'autre qu'un appentis faiblement éclairé par un puits de jour. Dans la pénombre, on devinait les silhouettes

## Le colis de monsieur Arkandias

métalliques des rayonnages chargés de denrées exotiques, et la masse noire des grands sacs de riz parfumé posés sur des plateaux de bois. Théophile s'avança entre les empilements de boîtes de conserves et les casiers à bouteilles garnis de flacons de vin de pêche, de saké et de sauce au soja. Tout de suite, son attention fut attirée par une étagère fixée très haut sur le mur, à une trentaine de centimètres du plafond. Elle était chargée de bocaux poudreux qui portaient des étiquettes de papier jauni. Théophile se haussa sur la pointe des pieds pour essayer de déchiffrer ces étiquettes, mais il y avait vraiment trop peu de lumière si près du plafond. Il fut tenté de presser l'interrupteur afin de donner davantage de clarté mais il n'en fit rien, car il craignait d'attirer l'attention de monsieur Wou Han. Il alla prendre l'escabeau de bois rangé près des sacs de riz et il l'installa sous l'étagère. Puis il entreprit de l'escalader lentement. L'escabeau avait tendance à branler et à grincer, mais Théophile se fit aussi léger que possible, et il grimpa en serrant les mâchoires. Ce qu'il découvrit en mettant le pied sur la petite plate-forme au sommet de l'escabeau lui fit battre le cœur : Les bocaux de verre brun foncé portaient tous, en belles lettres calligraphiées à la plume, des indications telles que : Ambre gris, Mandragore, Venin de Céraste, Mercurius Solubilis...

Monsieur Wou Han fournissait bel et bien les sorciers ! Et il avait certainement des œufs punais en stock quelque part ! Il s'était donc moqué de Théophile, le samedi où ce dernier était venu le voir ! Mais ça se paierait, le temps venu ! Pour le moment, il s'agissait de mettre la main sur le colis destiné à monsieur Arkandias... Ce colis postal dont parlait le pense-bête scotché sur la caisse enregistreuse.

Il sauta d'un bond par terre et alla remettre l'escabeau où il l'avait pris. Puis il commença à ouvrir des tiroirs et à déplacer des bocaux. Cette fois, la chance était avec lui. Il ne tarda pas à découvrir, derrière les casiers à bouteilles, un petit paquet enveloppé de papier kraft marron. Il l'attrapa par ses ficelles et courut l'examiner dans le rayon de soleil qui tombait du puits de jour. Le paquet était adressé à :

LE COLIS DE MONSIEUR ARKANDIAS

M. AGENOR ARKANDIAS
6, RUE BASILE VALENTIN
26111 ESPAGNET

Théophile se retint de pousser un cri de joie. Il serra le paquet sur son cœur, l'entendit craquer et fut suffoqué par une affreuse odeur d'œuf pourri. C'était donc ça ! Wou Han ne perdait rien pour attendre... Une main sur le nez, il lut l'adresse de monsieur Arkandias trois fois de suite afin de la mémoriser. Puis il remit le méphitique petit paquet à sa place et battit en retraite sans reprendre haleine.

Quand il reparut dans la boutique, Bonaventure réglait ses emplettes. Deux boules d'or, quatre sachets de nougat au sésame, et un cornet de bizarres petites bûchettes de pâte d'amande rose et verte saupoudrées de brisures de pistache. Théophile s'avança derrière lui et lui pinça le râble en lui chuchotant à l'oreille :

— Dépêche-toi de payer tes gâteaux ! Ça ne va pas tarder à schlinguer dur, ici !

De surprise, Bonaventure poussa un petit cri et lâcha son porte-monnaie. Une grêle de piécettes tomba sur le parquet de vieux bois et roula sous les meubles.

— Qu'est-ce qui te prend de crier ainsi, mon garçon ? demanda monsieur Wou Han. Tu as mal quelque part ?

— Je viens de me tordre la cheville, bredouilla Bonaventure. Et... j'ai perdu mes sous...

— Ce n'est rien. Je vais t'aider à les ramasser.

Il fit le tour du comptoir et s'agenouilla près de Bonaventure. Mais au moment où il s'apprêtait à saisir une pièce de vingt centimes coincée entre les lames du plancher, Théophile lui tira violemment la moustache.

— Ouaille ! hurla monsieur Wou Han en se prenant la lèvre supérieure à deux mains. On vient de me tirer la moustache !

Il se redressa et regarda de tous côtés en se frottant la bouche. C'est alors que, sous ses yeux, une grosse boîte de Litchis au sirop se souleva du sol et traversa lentement la pièce pour venir se poser sur le petit comptoir de bois vernis. Bonaventure stupéfait se demanda quelle mouche avait bien pu piquer Théophile. Pourquoi s'amusait-il de la sorte, lui qui un moment plus tôt s'était plaint d'être au désespoir ? Le chagrin l'avait-il rendu fou ? La boîte se mit à glisser sur le comptoir miroitant, puis elle hésita au bord du vide, pirouetta sur elle-même et reprit son vol silencieux d'aérostats. Monsieur Wou Han, qui ne la quittait pas des yeux, tordit légèrement la bouche pour demander à Bonaventure :

— Est-ce que tu vois ce que je vois ?

— Oui, répondit Bonaventure. Je vois une boîte de Litchis qui vole.

— Ça ne t'étonne pas ?

— Si, beaucoup ! Ça m'étonne, et ça me navre...

Et il répéta, en haussant la voix et en fixant la boîte de conserve :

— Ça me navre vraiment de voir une chose pareille ! Je conseille à l'imbécile qui fait voler cette boîte de cesser ses pitreries ! Ce n'est pas drôle du tout !...

La boîte eut un petit soubresaut. Puis sagement, elle alla se reposer d'elle même à sa place sur la pile qu'elle avait quitté un moment plus tôt.

— La boîte t'a écouté, mon garçon ! chuchota monsieur Wou Han stupéfait. Elle est retournée à sa place...

Il allait ajouter quelque chose, mais une odeur épouvantable se répandit tout à coup dans la boutique.
— Mon Dieu, s'exclama-t-il. Mes œufs punais ! Et il disparut dans son appentis.
Théophile s'approcha de Bonaventure et chuchota :
— Allons nous-en. J'ai l'adresse d'Arkandias !...
— Quoi ? ! demanda Bonaventure en se pinçant le nez et en regardant de tous côtés. Que dis-tu ? !
— Je viens de trouver un colis d'œufs pourris dans l'arrière-boutique. Et dessus, il y avait l'adresse d'Arkandias. Wou Han et lui sont de mèche, mon vieux ! Ne traînons pas ici...

Bonaventure ramassa sa monnaie et posa ce qu'il devait sur le comptoir. Puis les deux jeunes gens traversèrent en hâte le rideau de perles de bois, et ils s'éloignèrent dans la rue.

Il n'était pas très commode de manger des boules d'or tout en poussant une bicyclette. Tenir le guidon d'une main, puiser de l'autre dans le sac en papier, rétablir sans cesse dans sa ligne le vélo qui profitait du moindre moment d'inattention pour se fourrer dans les jambes des passants, tout cela était agaçant à la longue. Bonaventure essaya à plusieurs reprises de porter une boule d'or à sa bouche, mais à chaque fois le vélo prenait la tangente et le déséquilibrait, écartant la boule. Ce supplice de tantale ne tarda pas à le mettre hors de lui :

— Mais qu'est-ce qu'il a, ce vélo, à aller de traviole ! Je vais le foutre à la casse, moi, si ça continue !

— Tremble, vélo ! pouffa Théophile. Bonaventure est en colère…

— Et puis toi ne m'aide pas, surtout ! Continue de marcher le nez au vent et les mains dans les poches…

— Je te le pousse ton vélo, si tu veux ! Mais les gens risquent d'être surpris en le voyant avancer tout seul sur le trottoir.

Bonaventure trébucha, rata sa boule d'or une fois de plus et répondit d'une voix un peu lasse :

— Bon. Je propose qu'on aille s'asseoir un moment au jardin Sainte Clothilde, histoire de faire le point.

# 13
# Une poignée de sable dans les yeux

*I*LS trouvèrent un banc à l'ombre et s'y installèrent pour déjeuner. Théophile se cacha derrière un arbre pour manger sa boule d'or et sa part de nougats au sésame, afin de ne pas éveiller la méfiance des passants qui n'auraient pas supporté de voir des douceurs orientales voler en l'air et disparaître. Les deux jeunes gens prirent ensuite le soleil devant la fontaine qui jetait ses eaux.

— Ça va ? demanda Bonaventure. Le moral est bon ?

— Excellent ! C'est vraiment agréable de manger quand on a bien faim !

— Dire que ce midi tu chipotais pour avaler une moitié de nounours à la guimauve...

— J'étais désespéré. Mais maintenant que j'ai l'adresse d'Arkandias, je me sens de nouveau plein d'énergie.

— Moi je me sens plein de nougat au sésame. J'ai le ventre un peu lourd...

Un petit garçon qui pédalait sur son tricycle rouge marqua un temps d'arrêt et regarda avec curiosité Bonaventure qui parlait tout seul en mettant ses mains sur son ventre.

— Dis-moi un peu, reprit Bonaventure. L'adresse d'Arkandias, c'est quoi ?

— Six rue Basile Valentin, à Espagnet.

— Espagnet ! Mais ce n'est pas la porte à côté, ça ! Il va falloir prendre un taxi !

Le petit garçon écarquilla démesurément ses yeux noirs et pencha la tête pour regarder sous le banc. Il venait d'entendre la voix de Théophile, et cela le déroutait terriblement.

— Mais je n'ai pas assez de sous pour un taxi, Bonav' ! s'exclama Théophile.

— T'inquiète ! J'en ai, moi, des sous. J'ai reçu mon argent du mois hier soir. Et si ça ne suffit pas, on mettra Arkandias à contribution. Il a manqué m'écraser ce matin, il me doit bien ça.

Le petit garçon pédala jusqu'au banc et demanda à Bonaventure :

— Avec qui tu parles ?

— Avec personne, je parle tout seul... Va jouer sur la fusée de Tintin, petit. Elle fume. Elle ne va pas tarder à décoller...

Le petit garçon haussa les épaules.

— Ce n'est pas une vraie fusée ! Elle est en bois. Il est où, le garçon qui te répond quand tu parles ?

— Mais nulle part, voyons ! Je te dis que je parlais tout seul. Je fais ça souvent. Ça m'aide à réfléchir...

— Menteur ! J'ai entendu sa voix qui te répondait. Ça venait de derrière le banc...

Sur ces entrefaites, la maman du petit garçon s'avança, tout ennuyée. Elle était grande et mince, avec un nez un peu busqué et des cheveux bruns ondoyants.

— Jules-Elie ! Qu'est-ce qui te prend de traiter ce grand garçon de menteur ? ! On ne dit pas des choses pareilles, voyons !...

Elle prit son petit garçon par la main, et ajouta avec un sourire :

— Excusez-le. Il n'a que trois ans et demi. À cet âge-là, on vit dans ses rêves...

Elle voulut entraîner de force Jules-Elie vers le tricycle rouge. Mais le petit garçon, qui n'entendait pas être traité d'affabulateur, ramassa une poignée de sable et la jeta en direction de Bonaventure. Ce dernier l'esquiva, mais elle ne fut pas perdue pour tout le monde, car Théophile la reçut en plein visage. Le sable s'arrêta net en l'air et retomba en pluie sur le banc.

— La vache ! s'exclama une voix venue de nulle part. J'en ai dans les yeux !...

La maman de Jules-Elie regarda Bonaventure avec étonnement et demanda :

— C'est vous qui avez parlé ?

— Oui madame, c'est moi. J'ai dit : « La vache ! J'ai failli en prendre plein les yeux ! » Mais soyez

tranquille, je n'ai rien. Votre petit garçon m'a raté…

La dame se pencha sur sa progéniture en fronçant les sourcils.

— Tu devrais avoir honte, Jules-Elie ! Ce que tu viens de faire est très vilain. Que dirais-tu, si ce garçon te faisait la même chose pour se venger ? Mmh ?

— Il n'a pas le droit ! Il est grand ! Et moi, je suis petit… Et puis c'est un menteur ! Il parle avec l'homme invisible ! Et tout à l'heure, il a fait disparaître des gâteaux !

— Mais qui m'a fichu un petit garçon pareil ? ! s'écria la maman. C'est insensé, ça ! Allons, ça suffit maintenant ! On rentre à la maison ! Tu as besoin de faire la sieste…

« Moi aussi, j'aurais bien besoin de faire la sieste, songea Bonaventure en regardant le petit garçon s'éloigner sur son tricycle. Il n'est que trois heures dix, mais quelle journée j'ai eue ! »

— Je n'y vois plus rien, Bonav' ! lança tout à coup Théophile d'une voix plaintive. J'ai du sable plein les yeux ! Conduis-moi vite à la fontaine, que je me rince. Ça picote terriblement…

## Une poignée de sable dans les yeux

Bonaventure soupira et se leva en disant :

— Pose tes deux mains sur mes épaules et laisse-toi guider. C'est droit devant.

Il le mena jusqu'au bassin et le fit asseoir sur l'appui de pierre attiédi par le soleil. Théophile plongea la tête dans l'eau et battit des paupières pour en chasser les grains de sable. Quelques bulles crevèrent la surface de l'onde, et il émergea en crachant un petit jet.

— Ça va mieux ? Tu me vois maintenant ?

— Oui. Tu n'imagines pas la chance que tu as de n'être pas transparent !

— Tu réfléchiras bientôt la lumière, toi aussi. Ne t'inquiète pas. Viens ! On a un taxi à prendre...

# 14
# Six, rue Basile Valentin

*B*ONAVENTURE alla mettre son vélo à l'abri sous le porche de la bibliothèque, et il le cadenassa soigneusement à un réverbère. Puis les deux jeunes gens marchèrent jusqu'à la station de taxi qui se trouvait en face du cinéma Saint-Esprit. Le chauffeur refusa tout d'abord de prendre Bonaventure en charge. Il le trouvait trop jeune, trop chevelu, et sans doute trop noir. Mais le jeune garçon ne se démonta pas. Il porta sa main à sa tempe et fit mine de chanceler sur le bord du trottoir.

— Qu'est-ce qui te prend, petit ? demanda le chauffeur en repliant son journal hippique. Tu as un éblouissement ?

— Je suis diabétique et j'ai oublié mon insuline à Espagnet, 6, rue Basile Valentin ! Si nous pouvions faire vite, ça m'arrangerait.

Un moment plus tard, ils quittaient la route départementale, et la voiture se mettait à tressauter sur les ornières d'un chemin qui serpentait entre les champs de seigle.

— C'est un raccourci, expliqua le chauffeur. On contourne Bouvante-Le-Haut, et on tombe directement sur Espagnet. On gagne du temps...

— C'est souvent comme ça, avec les raccourcis, acquiesça Bonaventure, badin.

Mais il se rappela tout à coup qu'il était diabétique et agonisant, et il se laissa aller en arrière sur la banquette de cuir, les yeux révulsés, les joues creuses, un filet de bave aux lèvres.

— N'en fais pas trop, Bonav', lui chuchota Théophile. C'est le diabète que tu as, pas la rage !

Le taxi entra dans Espagnet par une allée bordée de tilleuls aux tendres feuilles dorées. Il obliqua à hauteur de la mairie, et se rangea devant de hautes grilles noires encadrées de pilastres qui supportaient chacun un phénix de marbre rose. C'était la maison de monsieur Arkandias. Elle avait vraiment beaucoup d'allure.

— Voilà, fit le chauffeur en tirant le frein à main. On y est.

Bonaventure se pencha pour jeter un coup d'œil au compteur et découvrit avec stupeur qu'il marquait cent vingt francs.

— Je n'ai que cinquante balles en poche, Théo, murmura-t-il tout bas en tordant la bouche. Qu'est-ce qu'on fait ? On part en courant ?

— Sors de la voiture et occupe-le. Je me charge de trouver ce qui manque...

Bonaventure descendit de voiture et s'avança vers la vitre mi-baissée en fouillant ostensiblement sa poche et en demandant :

— Je vous dois combien ?

— Cent vingt francs tout rond. Ça va mieux, le diabète ?

— Un peu mieux, merci. Ce sera tout à fait bien quand j'aurai eu ma piqûre. Je vous dois une fière chandelle...

Le chauffeur haussa les épaules, et répliqua simplement :

— Quand on peut rendre service...

Puis il marqua un temps, leva le nez et ajouta :

— Dites, c'est quoi les bestioles roses en haut des colonnes ?

Bonaventure leva les yeux vers les phénix qui encadraient le portail de monsieur Arkandias et répondit avec assurance :

— Des perroquets. Un hommage que mon grand-oncle a voulu rendre à un petit Ara qui parlait créole et qui n'a pas quitté son épaule pendant quinze ans. Il l'avait rapporté des Indes, caché dans le double fond d'une malle d'osier, en pleine épidémie de psittacose.

— Les perroquets parlent créole, aux Indes ?!

— Ils parlent la langue qu'on leur apprend. Celui de mon grand-oncle parlait aussi l'hindi, naturellement, et d'un coup de bec il pouvait casser une noix de coco ! Les perroquets de là-bas, ça n'est pas comme nos mainates d'ici.

— C'est aux Indes qu'il a fait fortune, votre grand-oncle ?

— Non, dans l'île de Madagascar, où il a

inventé une technique pour greffer la vanille. Aux Indes, il n'a fait qu'acheter des émeraudes et des perles noires... Des babioles, quoi.

— Ça se greffe, la vanille ? demanda le chauffeur visiblement peu au fait de ces questions.

— Ça se greffe, et ça s'étuve. Si vous ne greffez pas votre vanille, elle ne pousse pas. Et si vous ne l'étuvez pas, elle ne sent rien.

— Rien du tout ? !

— Rien de rien. À l'odeur, vous ne la distingueriez pas d'un haricot flétri ! Bon, ce n'est pas tout ça, mais j'ai ma piqûre qui m'attend. Donc, nous avons dit que ça faisait cent vingts francs...

Il fouilla de nouveau sa poche, en se demandant ce que pouvait bien mijoter Théophile. C'est alors que d'une légère pression de main sur l'épaule, son ami se signala à lui. Il lui glissa discrètement dans la main un billet de cent francs neuf et craquant, en murmurant :

— Tiens ! Paye-le, et qu'on en finisse !

— Tenez, gardez la monnaie ! fit Bonaventure en tendant cent cinquante francs au chauffeur. Bonne route, et merci pour tout.

Le chauffeur salua d'un hochement de tête. Il desserra son frein à main, enclencha la première et s'éloigna vers la mairie.

— Où as-tu trouvé ce billet ? demanda Bonaventure dès que la voiture eut tourné au coin de la rue.

— Dans la caisse du taxi. Elle était ouverte. Je n'ai eu qu'à me servir...

— Mais c'est du vol, Théo ! Du vol pur et simple ! Tu devrais avoir honte !

— Pourquoi ? On lui a rendu son billet, non ? Et on a payé notre course ! Alors où est le mal ?

Bonaventure haussa les épaules et répondit simplement :

— Évidemment, formulé comme ça...

Ils firent quelques pas vers les grilles afin de jeter un coup d'œil au parc. Il était planté de buis et de saules qui cachaient la propriété de monsieur Arkandias. Mais derrière les cimes des arbres, on apercevait des toits d'ardoise grise agencés à des décrochements de ciel bleu.

— C'est coquet ! murmura Bonaventure. Ça colle bien avec la grosse voiture noire. Il est riche, notre bonhomme...

— Il est peut-être un peu Alchimiste...
— Comme le type dont tu m'as parlé, là ? Nicolas Lumignon ?
— Flamel, Bonav' ! Nicolas Flamel...
— Oui, Flamel, bon. En tout cas, si c'est ça l'alchimie, ça a du bon ! Et toi, tu n'es qu'une andouille ! Parce qu'au lieu de perdre ton temps à fabriquer cette bague qui enquiquine tout le monde, tu aurais mieux fait de fabriquer deux ou trois kilos de cette poudre rouge qui change les métaux en or ! Ça, oui, ça aurait été malin ! Tu manques vraiment de sens pratique !

— Que veux-tu, répliqua Théophile en haussant les épaules, l'argent n'est pas tout, dans la vie. Il y a aussi le rêve... Bon, on sonne, ou on passe le reste de l'après-midi à regarder les arbres ?

Bonaventure alla tirer le cordon de la cloche, et les deux jeunes gens attendirent quelques minutes. Comme rien ne venait, Bonaventure tira de nouveau le cordon, et il mit ses mains en porte-voix autour de sa bouche pour crier :

— Ho hé ! Il y a quelqu'un ?
— Il est peut-être parti en vacances, soupira Théophile. Si c'est le cas, je suis perdu...

— Ne sois pas ridicule, voyons ! Il est là. Mais comment veux-tu qu'il entende cette petite cloche qui tintinnabule à peine plus fort qu'un grelot ? C'est mal foutu, son système. Le mieux c'est qu'on entre, qu'on traverse le bois et qu'on aille directement frapper à sa porte.
— Et s'il y a des chiens ?
— Penses-tu ! Ils auraient aboyé...
— Ils sont peut-être derrière la maison, ou dans le bois, tapis sous des buissons, à attendre qu'on passe pour nous sauter à la gorge. Les chiens dressés, c'est fourbe. Surtout les dogues allemands...
— Ils sont comment, les dogues allemands ?
— Effrayants ! Grands comme des ânes, avec un poil couleur d'acier et des yeux jaunes. Ils peuvent tuer un sanglier d'un coup de dents !

Bonaventure se toucha le menton et parut réfléchir fortement.

— Écoute, dit-il enfin, j'ai une idée. Tu vas y aller tout seul, et tu reviendras me dire si la voie est libre.
— Pourquoi moi ? ! Vas-y, toi !
— Tu es invisible, Théo ! Tu ne risques rien !...

## Six, rue Basile Valentin

— Et l'odeur, qu'est-ce que tu en fais ? Ils la sentiront, mon odeur, les dogues ! Et ils me mettront en pièces !...

— S'ils sentent ton odeur, ils aboieront. Mais comme ils ne peuvent pas te voir, tu es tranquille.

Il entrouvrit le portail et ajouta :

— Allons, ne te fais pas prier. Si la voie est libre, siffle deux coups et je rappliquerai. Si elle ne l'est pas et qu'il y a des chiens, tes cris de douleur me le signaleront.

Théophile traversa le parc, en courant d'arbre en arbre et en surveillant les buissons d'où pouvait surgir à tout instant la meute vociférante de monsieur Arkandias. Par bonheur, le parc n'était pas gardé, et il parvint sain et sauf aux abords de la maison. C'était un bizarre petit château baroque, qui comptait deux tours d'angle et un grand nombre de fenêtres à encadrement de pierre blanche. Sous chacune d'elles, il y avait un balcon bas, soutenus par des cariatides de marbre. De grands médaillons de ce même marbre ornaient les façades du château. On y voyait de surprenants symboles : une équerre et un compas, une flamme et un serpent, un soleil et un marteau.

Ces représentations, tracées par incrustation de métaux et de pierres de couleur, se détachaient avec force sur le fond pâle des médaillons. Le serpent avait une langue rouge et des yeux de rubis, la flamme était d'or jaune, et le soleil d'or blanc. Quant à l'équerre et au marteau, ils semblaient n'être que de marbre noir. Mais ce marbre s'irisait par instants sous les rayons du soleil, et il devenait brun, puis Sienne, puis rose, à la façon d'un morceau de métal extraterrestre.

Théophile s'avança prudemment hors du bois, comme le loup après le départ des parents dans les contes du chat perché. Il vit que les volets étaient clos au premier et au deuxième étage, et il crut tout d'abord que monsieur Arkandias s'était absenté. Mais en s'avançant davantage, il eut la joie de reconnaître la grosse voiture noire garée dans l'allée de gravillons, devant la porte du château. Il mit ses doigts dans sa bouche et lança deux coups de sifflet aigus et rapprochés. Un instant, plus tard, Bonaventure le rejoignait.

— Alors ? demanda ce dernier en reprenant son souffle. Il est là ?

— Oui. Sa voiture est garée devant la porte.

## Six, rue Basile Valentin

— Dis donc, elle en jette drôlement, sa bicoque ! Vise les médaillons ! Tu crois qu'il est en or, celui avec le soleil ?

— Si ça n'en est pas, c'est rudement bien imité. Bon, passe devant ce coup-ci ! J'ai affronté les dogues, je te laisse leur maître.

Les deux jeunes gens longèrent des plates-bandes d'amarantes, et ils franchirent une arche de pierre qui menait à une petite cour intérieure gravillonnée et fleurie. La voiture de monsieur Arkandias y était garée. Elle brillait comme un gros diamant noir, mais il lui manquait un phare, et Théophile repensa à sa colère et à son coup de pied du matin. Il fallait espérer que monsieur Arkandias ne fût pas rancunier, sans quoi ils auraient fait tout ce chemin pour rien.

# 15
# Atalanta Fugiens

BONAVENTURE se mira au passage dans le vaste pare-brise fumé qui reflétait l'image des façades du château, puis il grimpa les marches du perron et alla frapper à la porte. Cette dernière ne tarda pas à pivoter sur ses gonds. Monsieur Arkandias parut, tiré à quatre épingles, un gros cigare à la main. Il reconnut Bonaventure à ses tresses et demanda de sa voix métallique :

— Que faites-vous ici ? ! Qui vous a permis d'entrer chez moi ?

— J'ai sonné au portail, mais personne n'est venu m'ouvrir. Je suis l'ami de Théophile Amoretti. C'est moi que vous avez renversé avec votre voiture, ce matin. Vous vous rappelez ?

— Je ne suis pas près d'oublier une petite plaisanterie qui m'a coûté un phare de Rolls Royce ! Comment diable m'avez-vous retrouvé ? !

— Ce serait trop long à expliquer. Ecoutez monsieur Arkandias, il est arrivé un malheur ! Figurez-vous que la bague...

À ce mot, monsieur Arkandias mit un doigt sur ses lèvres :

— Chut, mon jeune ami ! Chut ! De la discrétion, je vous prie ! Je ne suis pas seul...

Il ouvrit tout grand sa porte en ajoutant à voix basse :

— Entrez sans faire de bruit, je vais vous faire patienter dans le petit salon.

Il conduisit Bonaventure dans une très jolie pièce tendue de velours blanc que rehaussaient des motifs brodés au fil d'or, et il lui montra un fauteuil en ajoutant :

— Donnez-moi une minute. Je reviens...

Il sortit du salon en tirant la porte, et Bonaventure eut la désagréable surprise d'entendre claquer

deux fois la clef dans la serrure. Il demeura un moment incrédule, puis il haussa les épaules et secoua ses tresses en murmurant, philosophe :
— Après tout, l'essentiel, c'est qu'il ne m'ait pas jeté dehors...
— Comme tu dis ! lança une voix derrière lui. Je suis heureux de voir que tu fais preuve d'optimisme !

Bonaventure se retourna et promena son regard dans la pièce en murmurant :
— Tu es là, Théo ? Tu as pu entrer, toi aussi ?
— Évidemment que j'ai pu entrer ! Tout sorcier qu'il est, Arkandias ne me voit pas. Bon, écoute. Je vais me tenir dans l'embrasure de la fenêtre, et toi tu lui feras croire que tu es venu seul. Comme ça, si les choses tournent mal, je pourrai intervenir en bénéficiant de l'effet de surprise. Tu comprends ?
Il n'avait pas plutôt prononcé ces paroles que la serrure claqua de nouveau. Monsieur Arkandias reparut, le cigare à la main. Il alla prendre un fauteuil près de la cheminée, et s'installa face à Bonaventure en disant :
— Voilà, nous sommes tranquilles ! Hé bien, je

vous écoute, jeune homme ! Que s'est-il donc passé ?

Bonaventure raconta en détail l'épisode des toilettes et de la flamme verte. Monsieur Arkandias écoutait sans dire un mot, en souriant par moments d'un air entendu. À la fin de la narration, il se leva et fit quelques pas en tirant sur son cigare.

— J'ai essayé de prévenir votre ami ce matin, commença-t-il après avoir soufflé un petit nuage bleu. Mais il n'a rien voulu entendre. À présent, nous sommes en pleine catastrophe... Et qui vient-on solliciter ? Monsieur Arkandias ! Ah non, vraiment ! Il y aurait de quoi se mettre en colère !...

Bonaventure était dans ses petits souliers.

— Vous êtes sans doute très fâché contre nous, à cause du phare. Mais il faut nous comprendre... Théophile ne savait pas que c'était vous qui étiez au volant de cette grosse voiture noire... Et quand je suis tombé de vélo, il a vu rouge...

— Tout de même, s'en prendre à un phare ! Et à un phare de vingt-quatre mille francs, qui plus est ! A-t-on idée ? Quand je pense que je m'étais déplacé tout spécialement pour le mettre en garde et lui signaler que sa recette était incomplète ! J'ai été bien récompensé...

— Dites, monsieur Arkandias. À ce propos... Ces quatre lignes qui manquaient, elles disaient quoi ?

— C'était une mise en garde à l'adresse des utilisateurs de la bague. Voyons... Que je me souvienne...

Il se gratta le sourcil gauche en faisant un effort de mémoire, et cita :

— *Mais dès lors qu'on s'est rendu invisible, on doit se garder d'ôter la bague. Elle se dissoudrait aussitôt en un feu vert accompagné d'abondantes fumées, et l'on perdrait tout moyen de retourner dans l'état visible...* C'est ce qui s'est produit dans les toilettes de votre collège. En voulant vous donner la bague alors qu'il était invisible, votre ami a signé sa perte...

— Vous voulez dire qu'il n'existe aucun remède à son mal ?!

— Pas à ma connaissance, en tout cas. Votre camarade va devoir s'accoutumer à son nouvel état.

— Mais enfin, vous êtes un grand savant et un grand sorcier ! Ne me dites pas qu'avec tous vos grimoires et toutes vos fioles vous ne pouvez pas le tirer de là !

Monsieur Arkandias eut un petit rire de gorge semblable à un caquetage de poule, qui mit Bonaventure très mal à l'aise.

— Je ne suis pas Merlin l'Enchanteur, vous savez ! lança-t-il d'un ton réjoui. Je n'accomplis pas de miracles. Et puis où avez-vous pris que j'étais sorcier ? ! Je suis un Hyperchimiste, c'est très différent ! L'Hyperchimie est une science sérieuse, qui mêle chimie et magie en s'appuyant sur des bases scientifiques solides. Et quand je vous dis que le cas de votre ami est sans espoir, il l'est, croyez-le. D'ailleurs, je me demande comment il a pu réussir la transmutation de la bague ! C'est une recette des plus délicates, où tout se joue au centième d'heure et où la moindre fausse note peut tout compromettre. Je l'ai moi-même essayée à plusieurs reprises sans succès. À ce propos, qui tenait la flûte au moment de la transmutation ?

— Moi.

Monsieur Arkandias changea de visage.

— Vous êtes musicien ?

— Je suis élève du conservatoire.
— Toutes mes félicitations, jeune homme ! C'est à vous que reviennent les mérites de ce succès. Voyez-vous, il faut beaucoup de talent et de virtuosité pour jouer un air de musique chimique. Le Grand Œuvre ne s'accommode pas d'à peu près, et une petite variation de tempo suffit à tout ficher par terre. Aviez-vous un métronome ?
— Non. J'ai le tempo dans le sang. Mes professeurs ne cessent de me le répéter.

Monsieur Arkandias se gratta le menton du bout des ongles et plissa ses yeux bleus.

— Elle est peut-être là, mon erreur... Dans ce métronome...
— Que dites vous, monsieur ?
— Rien. Je réfléchissais tout haut.

Il tira une bouffée à son gros cigare et demanda tout à coup :

— Aimeriez-vous travailler pour moi ?
— Travailler pour vous ! ? Comment ça ?
— En jouant des airs que je vous communiquerais. J'ai besoin d'un flûtiste doué, qui puisse tenir le rythme une à deux heures de temps sans le secours d'un métronome. Car il me semble que le

bruit de cet engin compromet certaines de mes transmutations... Naturellement, je vous rétribuerais de la manière que vous voudrez.

— Il faudrait que je réfléchisse... Je ne suis pas venu pour ça, vous comprenez. Mon ami est au désespoir, et pour le moment, son chagrin occupe toutes mes pensées...

— C'est juste. J'oubliais...

Il prit un temps, et tapota la cendre de son cigare avant d'ajouter :

— Où est-il, votre ami ? À la grille ?

— Non, il ne m'a pas accompagné.

— C'est dommage. Nous aurions pu tenter quelque chose.

À ces mots, Bonaventure se redressa dans son fauteuil :

— Vraiment ? Mais vous disiez à l'instant que son cas était désespéré !...

— J'ignorais votre talent de flûtiste. Mais ce talent change bien des choses...

— Que voulez-vous dire ?

— Il existe un moyen de tirer votre ami de la chausse-trappe où il s'est fourré. Mais ce moyen est si ardu que je l'avais écarté d'emblée, ignorant que je me trouvais face à un instrumentiste virtuose...

— Vous voulez dire qu'éventuellement je pourrais le guérir en jouant de la flûte ? C'est bien ça ?

— En somme, oui. Il faudrait cependant que vous jouiez un air très spécial. Et en présence de votre ami, naturellement...

— Je suis là, cria Théophile depuis la fenêtre. Je vous écoute, monsieur Arkandias.

Monsieur Arkandias tourna les yeux vers la fenêtre et exhala un jet de fumée bleue avant de répliquer, amusé :

— J'aurais parié que vous n'étiez pas bien loin ! Votre excellent camarade ment presque aussi bien qu'il joue de la flûte, mais je ne l'ai pas cru lorsqu'il m'a dit que vous ne l'aviez pas accompagné. Il est bien rare qu'on aille chez le docteur à la place du malade, n'est-ce pas ?

— Que dois-je faire ? demanda Bonaventure. Dites, et j'obéirai.

— Vous allez commencer par me promettre de me donner la bague quand elle aura réapparu. C'est la première condition, et elle est *sine qua non*.

— C'est promis. Ensuite ?

— Ensuite vous me communiquerez vos coordonnées téléphoniques, afin que je puisse faire appel à votre talent de flûtiste lorsque j'en aurai besoin.

— Entendu. Donnez-moi vite la partition de ce que je dois jouer. Et un instrument, pour que je fasse mes gammes...

— Doucement, jeune homme, doucement. Je dois d'abord remettre la main sur mon Atalanta.

Il alla ouvrir les portes vitrées de sa bibliothèque, et il entreprit de passer en revue ses livres, qui étaient tous très anciens et très épais. Théophile l'avait suivi, et dans son dos il admirait les gros volumes à couverture de cuir, dont certains étaient des incunables remontant à Guttenberg. Les titres lui mirent l'eau à la bouche *Opuscule d'Hyperchimie, Rosarius Philosophorum, La table d'émeraude, Le mariage chimique de Christian Rosencreutz...* Tout ! Monsieur Arkandias avait tout ! Même *Le livre des Balances* et le *Catéchisme de la Magie Supérieure* ! qui sont réputés introuvables, comme chacun sait. Et ce n'était pas tout, car on apercevait sur le dernier rayon de la bibliothèque un grand nombre de parchemins roulés et fermés par des rubans de tissu bleu. Monsieur Arkandias trouva enfin ce qu'il cherchait. Il revint vers Bonaventure en ouvrant et en feuilletant un grimoire de cuir pâle et usé qui portait ce titre mystérieux :

« Atalanta Fugiens<br>
par X<br>
Michel Maïer »

— Voyez-vous, fit-il en tournant délicatement les pages du vénérable ouvrage, la mélodie peut avoir une utilité métallurgique. Mais il faut connaître le rapport qui existe entre les intervalles musicaux et l'intensité réactive des différents produits chimiques. Michel Maïer a longuement étudié ces questions, et il devrait nous être très précieux...

Bonaventure ne pipait mot. Il essayait de concevoir ce que pouvait être l'utilité métallurgique de la mélodie et il se perdait en conjectures. Théophile, quant à lui, n'avait pas pu se détacher de la bibliothèque, et il inclinait la tête pour lire les titres sur les tranches des livres, en se retenant d'y toucher.

Monsieur Arkandias continua un moment de feuilleter son gros volume, puis tout à coup il s'écria :

— J'y suis ! *Kimyâ es-saâdah*, la fugue alchimique de la félicité et du retour de toutes choses à leur ordre antérieur...

Il tendit le grimoire ouvert à Bonaventure en lui montrant un passage et en lui disant :

— Tenez ! Solfiez, je vous prie...

Bonaventure solfia en battant la mesure et monsieur Arkandias l'écouta, charmé, le cigare entre les ongles et le petit doigt en l'air. La mélodie était affreusement discordante, mais le grand homme n'en parut nullement incommodé.

— Alors ? demanda-t-il à Bonaventure quand ce dernier eut terminé. Qu'en pensez-vous ?

— C'est faux à hurler, mais je commence à avoir l'habitude. La musique chimique, ce n'est pas du Vivaldi. Enfin, si ça peut guérir Théophile...

— *Kimyâ es-saâdah* peut tout, mon jeune ami ! Mais elle nécessite un doigté hors pair...

Il se tourna vers la fenêtre et demanda :
— Vous êtes là, Théophile ?
— Non, fit une voix venue de la bibliothèque. Je suis ici...

Monsieur Arkandias fronça les sourcils.
— Vous regardiez mes livres, n'est-ce pas ? On ne peut donc pas vous faire confiance ?

Il alla fermer les portes de la bibliothèque, et revint sur ses pas en bougonnant :
— Malgré les ennuis que votre curiosité vous a causés, vous continuez de fureter partout et de vous mêler de ce qui ne vous regarde pas ? ! Rien ne vous sert de leçon, alors ?

— Je ne faisais rien de mal, monsieur Arkandias ! J'admirais simplement vos grimoires. Et comme je suis tombé par hasard sur les *Leçons pratiques de Magie Rouge*, je me demandais pourquoi vous étiez allé consulter ce livre à la bibliothèque, alors que vous l'aviez chez vous...

— Il manque deux pages à mon exemplaire, et on ne trouve plus ce livre en librairie. Avez-vous d'autres questions ?

— Une petite dernière, oui. Eventuellement, accepteriez-vous de me laisser lire quelques-uns de vos livres ? Je suis un peu de la partie, moi aussi. Je pourrais vous être utile...

— Dites, mon jeune ami, vous ne trouvez pas que vous poussez le bouchon un peu loin ? Vous êtes venu pour me demander des conseils, ou pour m'en donner ?

— Je ne me permettrai pas de vous donner des conseils, monsieur Arkandias. Mais je pensais qu'ayant réussi ma première transmutation...

— Vous parlez d'une réussite ! Etre bloqué dans l'invisible sans moyen de retour, ce n'est pas à proprement parler ce qu'on peut appeler un succès ! Ne claironnez donc pas, jeune homme ! Cela pourrait m'ôter tout désir de vous venir en aide...

Théophile baissa les yeux. C'était pourtant vrai qu'il était en fâcheuse posture. Mais l'espace d'un moment, et à la vue de tant de merveilleux livres, il l'avait oublié.

— Je vous prie de m'excuser, chuchota-t-il. Je n'aurais pas dû espionner ainsi votre bibliothèque. Mais que voulez-vous, j'aime les livres, et ils m'attirent comme un aimant.

— N'en parlons plus. Il n'est pas mauvais en soi d'aimer les livres. Mais il faut se garder des lectures inutiles. « Une goutte de philosophie est un poison pour un ignorant »… Vous l'avez d'ailleurs vérifié vous même.

Il écrasa son cigare sur un petit plateau d'argent et ajouta en soupirant :

— Allons, suivez-moi. Il est temps de descendre vers mes ateliers.

# 16
# L'atelier souterrain

MONSIEUR Arkandias les conduisit le long des couloirs de son château, et les deux jeunes gens admirèrent au passage les vitrines de bois vernis qui abritaient des collections d'objets précieux. Il n'était pas une niche qui ne recelât une statuette d'or ou d'ébène représentant un aigle sur un globe, une licorne protégeant un œuf ou un griffon à la crête hérissée. La lampe que portait monsieur Arkandias jetait des lueurs sur ces trésors. Les yeux rouges de l'aigle brillaient puis s'éteignaient, la corne d'or de la licorne s'allumait dans l'ombre comme une pointe de feu, et le griffon aux dents d'améthyste montrait un sourire mauve un peu inquiétant.

— Vous avez trouvé la Pierre Philosophale, n'est-ce pas ? chuchota Théophile à la vue de tant de richesses.

Monsieur Arkandias haussa les épaules.

— Ne dites pas de sottises. Et cessez de poser des questions. Vous n'avez tout de même pas la faiblesse de penser que je vais avilir les Arcanes en vous les révélant ? Je n'ai pas pour habitude de faire aux ânes une litière de roses...

— Merci pour l'âne ! Trop aimable, vraiment !...

Monsieur Arkandias s'arrêta tout à coup devant un tapis accroché au mur du couloir. Il le fit glisser sur un rail invisible, découvrant une porte de métal poli qui réfléchissait la lumière de sa lampe.

— Nous y sommes, murmura-t-il. Tournez-vous, je vous prie...

Bonaventure obtempéra aussitôt, mais Théophile s'approcha discrètement de monsieur Arkandias.

— Monsieur Amoretti, je ne vous vois pas, mais

## L'ATELIER SOUTERRAIN

je sens votre souffle sur mon épaule. Tournez-vous, vous aussi. Ou je n'ouvre pas la porte.

Théophile alla rejoindre Bonaventure et lui murmura à l'oreille :

— Il a un caractère de cochon, mais il a oublié d'être bête...

Monsieur Arkandias se pencha sur un petit boîtier et composa le code confidentiel qui ouvrait la porte de métal. Il donna deux tours de clef à chacun des quatre verrous répartis le long du chambranle, et poussa le lourd battant qui pivota sans bruit. Il fallut encore descendre un interminable escalier, puis passer une deuxième porte identique en tout points à la première. Enfin, les deux jeunes gens aperçurent une douce lueur émeraude qui brillait au bout d'un corridor. Ils s'en approchèrent, trouvèrent une grande pièce blanche éclairée de néons opalescents : c'était l'atelier de monsieur Arkandias. On eût dit la salle d'opération d'un grand hôpital. Les murs et le sol étaient d'une propreté parfaite, qui tranchait avec la pénombre humide du corridor qu'ils venaient d'emprunter. De grandes armoires vitrées occupaient le fond de la pièce. Elles recelaient de petites fioles et des bocaux de verre ornés d'étiquettes. Sur un vaste établi carrelé de blanc, monsieur Arkandias avait disposé des outils tels que les deux jeunes gens n'en avaient jamais vu. Des pinces très longues coudées à angle droit, des ciseaux d'ébéniste à biseau de diamant, des tubes de verre plaqués d'une fine feuille d'argent ou d'or, des sphères de métal que prolongeait un manche de nacre, une balance électronique précise au millionième de gramme... Divers instruments de musique pendaient aux murs : une viole de gambe, une lyre, un luth, deux violons et un violoncelle, une clarinette, un basson... On se serait cru chez un marchand d'instruments ! Enfin, au milieu de la pièce trônait un four à parois de cristal surmonté d'une sorte de dôme étamé. Un feu y rougeoyait, et à travers les parois de cristal on pouvait apercevoir, posé sur une écuelle de sable, un petit ballon translucide où cuisait une liqueur rose.

— C'est l'Œuf philosophique, n'est-ce pas ? demanda Théophile.

— Tout à fait. Je vois que vous n'êtes pas absolument ignorant en ce qui touche à l'Hyperchimie.

## L'ATELIER SOUTERRAIN

Savez-vous comment on appelle ce four à parois de cristal ?

— L'Athanator, il me semble...

— Vous y êtes presque. Il s'agit en réalité de l'Athanor, qui comprend trois parties : un dôme réverbérant, une chambre de cuisson et un foyer où brûle un feu continuel. Mais vous n'êtes pas venu ici pour entendre un cours d'Hyperchimie, et nous avons beaucoup à faire. Tout d'abord, il s'agit de trouver un instrument qui convienne à notre jeune ami... Voyons ce dont nous disposons...

Il alla ouvrir un tiroir et y prit une poignée de flûtes, aussi négligemment qu'on ramasse un fagot de brindilles. Il les disposa sur l'établi et fit signe à Bonaventure d'approcher.

— Venez donc choisir une flûte. Prenez le temps de la réflexion, et essayez-les toutes si besoin est. Il importe que vous soyez absolument à l'aise sur votre instrument.

Bonaventure s'avança vers l'établi, et hésita longuement entres les diverses flûtes. Certaines étaient d'argile, d'autres de bois, d'autre d'os, d'autres de pierre, et il y en avait même une de pur cristal qui brillait sous le néon émeraude de l'atelier. Ce fut celle-là que Bonaventure essaya en premier. Il en tira des sons charmants, mais glacés, et il la reposa avec une petite grimace de dépit. Il essaya ensuite la flûte de pierre. Mais elle rendait des sons caverneux. La flûte d'os fit souffler dans l'atelier la sépulcrale musique des tombes. Il essaya la flûte de bois, mais elle ne fit pas non plus son affaire car elle vibrait dans les aigus.

— Vous êtes décidément bien difficile, mon jeune ami, fit observer monsieur Arkandias. La flûte de bois était très bien...

— Vous m'avez demandé de choisir, je choisis.

Il essaya de nouveau la flûte de cristal, qui était décidément bien séduisante. Mais non, elle ne convenait pas : les notes glissaient dessus comme un doigt humide sur un carreau de faïence, sans qu'il soit possible de réussir les sons « lourés ».

— Et la flûte d'argile ? s'étonna monsieur Arkandias. Vous ne l'avez pas essayée, il me semble.

Bonaventure haussa les épaules.

— Ça doit être pire que tout ! Elle a sûrement un son de cruche à eau...

— Essayez-la tout de même. On ne sait jamais.

## L'ATELIER SOUTERRAIN

Il la lui tendit, et Bonaventure la porta à sa bouche sans grande conviction. Mais à peine y avait-il soufflé qu'une musique absolument admirable s'en échappa. Il ferma les yeux et développa un air de Mozart d'une grâce et d'une perfection achevées. On eût dit que des aristoloches de diamant fleurissaient sous ses doigts. C'était à se pâmer. Après que la dernière note se fut éteinte dans le silence du sous-sol il y eut un moment de silence, et monsieur Arkandias déclara :

— C'est ce que j'ai entendu de plus beau ! Vous êtes un grand artiste.

— La flûte y est pour beaucoup. Je n'en avais jamais eu de si bonne. Où l'avez-vous achetée ?

— Je la tiens de mon maître, Artéfius Le Trévisan, qui la tenait du grand Nicolas Flamel lui-même. Mais ces noms ne vous disent rien, naturellement.

— Nicolas Flamel était libraire-juré de l'Université de Paris, répliqua Théophile. Il a réussi sa première transmutation le 25 avril 1382, à trois heures de l'après-midi... Je peux toucher sa flûte ?

Bonaventure lui tendit la précieuse relique. Il la fit tourner entre ses doigts avec précaution en murmurant :

— Dire qu'il l'a touchée... Que ses lèvres barbues s'y sont posées... Ça fait quelque chose, non ?

Bonaventure cracha par terre :

— J'aurais dû l'essuyer avant d'y mettre ma langue ! De la salive de barbu vieille de six siècles, berk !

— Vous blasphémez, mon jeune ami ! s'écria monsieur Arkandias. La sainte salive de Nicolas Flamel mérite davantage de considération.

Il reprit la flûte des mains de Théophile et la tendit à Bonaventure en ajoutant :

— Trêve de bavardages ! Mettons-nous au travail...

— Mais je ne demande que ça, monsieur Arkandias. Donnez-moi le grimoire, que je répète un peu ma partie.

— Tout beau, mon jeune ami ! Vous oubliez notre petit marché. Commencez donc par me donner votre adresse et votre numéro de téléphone. Je ne tiens pas à laisser échapper un flûtiste de votre acabit.

## L'ATELIER SOUTERRAIN

Bonaventure lui donna ses coordonnées complètes, et monsieur Arkandias alla les vérifier à l'écran d'un ordinateur qui était relié à l'annuaire du téléphone.

— Parfait ! fit-il en se frottant les mains. Tout est en ordre. Nous pouvons commencer.

Il posa le grimoire ouvert sur un pupitre qu'il régla à la hauteur du jeune flûtiste.

— Maestro, lui dit-il. En place, je vous prie. Quant à vous, Théophile, approchez. Je vais vous expliquer ce que j'attends de vous.

Théophile s'avança et prit place sur un tabouret de bois que monsieur Arkandias avait disposé pour lui au milieu de l'atelier. À peine était-il assis que monsieur Arkandias lui palpa le dos et les épaules en bougonnant :

— Redressez-vous, que diable ! Votre colonne vertébrale a la forme d'un point d'interrogation !

Théophile comprit de travers et se mit debout.

— Voulez-vous bien rester assis ! Je ne vous ai pas demandé de vous lever, mais simplement de vous redresser !... Qu'ont donc les jeunes gens d'aujourd'hui à ne plus savoir s'asseoir sur un tabouret ?!...

Théophile redressa la tête et bomba la poitrine.

— C'est cela que vous appelez « Être droit » ? demanda monsieur Arkandias en le tâtant derechef.

— Oui. Je suis droit, là.

— Non, mon jeune ami. Vous êtes avachi ! Haussez le menton. Tendez votre échine comme un arc. Imaginez qu'une ventouse vous tire le crâne vers le haut, et que deux poids vous tirent les épaules vers le bas. C'est cela, être droit. Nous y sommes ? Bon. Ne bougeons plus...

— Est-ce que je dois sourire, comme chez le photographe ? demanda Théophile pour détendre l'atmosphère.

— Plaisantez tant que vous le pouvez encore. Dans un moment vous rirez moins. Je vous signale que le retour au monde visible peut être très douloureux.

— Douloureux ? Comment ça ?

— Votre fréquence vibratoire va décroître au fur et à mesure que vous redeviendrez visible, et il n'est pas impossible que vous vous sentiez pris dans un étau de glace, ou que vous éprouviez une affreuse impression d'étouffement...

## L'atelier souterrain

— Je ne risque pas d'étouffer pour de bon, quand même ?

— J'imagine que non. Cependant, il arrive que tout n'aille pas aussi bien qu'on voudrait. Parfois, il y a des séquelles...

— Quel genre de séquelles ?

— Perte de mémoire ou d'équilibre. Surdité ou cécité... Mais tout cela est temporaire, naturellement.

— Ouf ! Vous me rassurez. J'étais sur le point de partir en courant.

— C'est ce qui se produit aussi parfois. On part en courant. Mais en courant électrique, si vous me permettez ce jeu de mots. Bien. Voyons maintenant où en est notre jeune virtuose...

Bonaventure avait pris place devant le pupitre qui portait la partition d'Atalanta Fugiens. Il répétait son morceau en sourdine, en faisant ses doigtés mais en se gardant bien de souffler dans sa flûte, de crainte que la musique chimique ne déclenche quelque catastrophe. Monsieur Arkandias s'approcha de lui et le regarda faire un moment avant de demander :

— Tout va comme vous voulez ? Pas de difficultés majeures ?
— Ça devrait aller. Mais il faut jouer vite, et il y a de sacrés à-pics ! J'espère que le souffle ne va pas me manquer...
— Mon sort est entre tes doigts et sur tes lèvres, Bonav' ! fit la voix de Théophile depuis le tabouret vide qui trônait au milieu de la pièce. Alors pas de canard, s'il te plaît !
— T'inquiète, je jouerai comme pour le concours du Conservatoire. Accroche-toi à ton siège, car ça va décoiffer.

Monsieur Arkandias demanda à Bonaventure de s'orienter face à Théophile, de manière à ce que la musique lui arrive directement dessus.
— Il importe que les sons soient très purs. Un écho malencontreux peut tout compromettre...
Il alla se placer devant un boîtier électrique munis de gros interrupteurs et ajouta :
— Lorsque j'aurai éteint les plafonniers, il ne restera sur votre partition qu'un mince rayon de lumière inactinique. Vous commencerez à jouer et ne cesserez qu'à mon commandement. Il se peut

que des phénomènes effrayants apparaissent. Vous ne devez pas en tenir compte. Il faut continuer à jouer, sans vous laisser distraire. C'est bien compris ?

— Oui oui. Allons-y, monsieur Arkandias. J'ai des fourmis dans les doigts.

Monsieur Arkandias se tourna vers Théophile et lui fit ses dernières recommandations :

— Quelles que puissent être l'angoisse et la douleur, ne criez pas, jeune homme. Laissez faire. C'est là un point capital. Baissez la tête, et supportez, jusqu'à l'extinction des phénomènes. Et n'oubliez pas que la bague me revient ! Je ne tolérerai pas que vous fassiez des difficultés pour me la rendre.

— N'ayez crainte, répliqua Théophile qui avait maintenant vraiment très peur. Je serai trop content de m'en débarrasser...

# 16
# L'atelier souterrain

MONSIEUR Arkandias les conduisit le long des couloirs de son château, et les deux jeunes gens admirèrent au passage les vitrines de bois vernis qui abritaient des collections d'objets précieux. Il n'était pas une niche qui ne recelât une statuette d'or ou d'ébène représentant un aigle sur un globe, une licorne protégeant un œuf ou un griffon à la crête hérissée. La lampe que portait monsieur Arkandias jetait des lueurs sur ces trésors. Les yeux rouges de l'aigle brillaient puis s'éteignaient, la corne d'or de la licorne s'allumait dans l'ombre comme une pointe de feu, et le griffon aux dents d'améthyste montrait un sourire mauve un peu inquiétant.

— Vous avez trouvé la Pierre Philosophale, n'est-ce pas ? chuchota Théophile à la vue de tant de richesses.

Monsieur Arkandias haussa les épaules.

— Ne dites pas de sottises. Et cessez de poser des questions. Vous n'avez tout de même pas la faiblesse de penser que je vais avilir les Arcanes en vous les révélant ? Je n'ai pas pour habitude de faire aux ânes une litière de roses...

— Merci pour l'âne ! Trop aimable, vraiment !...

Monsieur Arkandias s'arrêta tout à coup devant un tapis accroché au mur du couloir. Il le fit glisser sur un rail invisible, découvrant une porte de métal poli qui réfléchissait la lumière de sa lampe.

— Nous y sommes, murmura-t-il. Tournez-vous, je vous prie...

Bonaventure obtempéra aussitôt, mais Théophile s'approcha discrètement de monsieur Arkandias.

— Monsieur Amoretti, je ne vous vois pas, mais

# 17
# Un accident vibratoire

*L'* ONGLE noir de monsieur Arkandias fit s'abaisser les interrupteurs. Les néons opalescents s'éteignirent un à un, et l'atelier sombra dans la nuit et dans le silence. Seul un mince rayon de lumière blanche tombait à présent du plafond sur le pupitre supportant le grimoire ouvert. Bonaventure porta la flûte d'argile à ses lèvres et prit une inspiration. Des scies se mirent à grincer, et un chat schizophrène fit ses griffes sur une plaque d'ardoise qui se morcela en stridulant. Puis on entendit dégringoler du cristal dans une armoire métallique, tandis qu'un cuisinier fou râpait des silex avec un robot ménager. Non ! Décidément, la musique Chimique n'était pas du Vivaldi ! Bonaventure jouait en faisant la grimace, et monsieur Arkandias lui même trouvait ça un peu faux.

Il ne se passa rien de notable pendant les dix premières minutes. Théophile se tenait sagement assis dans l'ombre sur son tabouret, le dos droit, une ventouse au sommet du crâne et deux poids de fonte sur les épaules. Au bout d'un quart d'heure, on commença à s'ennuyer pour de bon.

C'est à la vingt-cinquième minute exactement que tout se déclencha. On vit apparaître dans la pénombre un point de phosphore vert identique à celui qui s'était matérialisé dans les toilettes du collège au moment de la disparition de la bague. Théophile crut que pour la troisième fois la flamme verte leur rendait visite. Il retint son souffle, craignant un nouveau dégagement de fumée. Mais à sa grande surprise, le point vert ne fusa pas. Il se contenta de gagner en brillance et en volume. En quelques minutes, il passa de la taille d'un petit pois à celle d'une pomme, puis à celle d'un chou. Il continua de grossir, et devint

UN ACCIDENT VIBRATOIRE

un énorme globe de lumière verte qui flottait dans l'air en éclairant le milieu de la pièce. Il crût encore et prit les proportions d'un colossal aérostat émeraude, qui engloba tout l'atelier dans sa sphère. Les armoires et l'établi, l'étagère des instruments de musique, tout se mit à baigner dans la douce lumière verte de ce globe démesuré. Bonaventure jouait sans discontinuer, et Théophile commença à se sentir tout chose. Il avait des fourmis dans les jambes. Il lui sembla tout à coup qu'une couleuvre de satin lui montait dans le dos en se faisant longue, longue ; puis que des lilas lui fleurissaient dans la tête. Un petit éclair lui frappa la main droite et il y porta ses yeux : sa main avait réapparu. Un second éclair fusa du dôme de la sphère verte. Il le reçut au ventre et se plia en deux sous le choc. Son nombril était maintenant visible, lui aussi. Alors, un crépitement électrique courut à la surface du sol, et on entendit gronder l'orage dans l'atelier. Bonaventure leva les yeux vers le plafond, et sans cesser de jouer il regarda les orvets de feu qui se tordaient sous la voûte de lumière phosphorique. C'était un spectacle magnifique. La voûte chuchotait et bruissait comme une mer, et on entendait au loin des lamentations de voix humaines mêlées à des chœurs d'opéra. L'air que chantaient ces voix célestes lui était inconnu, mais Dieu que c'était beau ! Il pensa aux sirènes d'Ulysse et eut un petit frisson. Les cieux crevèrent avec un grand bruit, et une pluie de gouttes de feu tomba sur les meubles et sur le pupitre qui supportait le grimoire ouvert. Bonaventure baissa immédiatement le nez en rentrant les épaules, car il craignait d'être brûlé. Mais ces gouttes d'or liquide étaient froides comme l'eau d'un torrent de montagne. Elles ruisselaient sur les pages du grimoire sans les tâcher, et roulaient au sol à la façon des gouttes de mercure. À peine avait-il eu le temps de s'en étonner que des flammèches d'un rose très pâle s'accrochèrent comme un feu de Saint-Elme à l'extrémité de sa flûte d'argile. Une formidable déflagration fit voler en éclat les vitres des grandes armoires, et monsieur Arkandias jeta un cri en se prenant le visage dans les mains. L'air s'infecta d'une affreuse odeur d'ozone et se mit à fourmiller d'énergie comme sous l'effet d'un puissant courant électrique. Bonaventure sentit que ses tresses se dressaient sur sa tête. Il se tourna vers Théophile et fut très surpris de le voir flotter dans les airs en position assise, un mètre au-dessus de son tabouret. Il était calme et avait les yeux clos. La pluie d'or qui tombait sur lui goutte à goutte le faisait réapparaître point après point, comme eussent fait des touches successives de peinture appliquées sur un mannequin de verre. Les cheveux cendrés apparurent en premier. Puis le visage se forma peu à peu, au rythme des diamants qui le grêlaient. Les épaules se dessinèrent à leur tour, puis les bras, les jambes, le torse, le dos. La pluie cessa et les voix se turent. La lumière verte déclina lentement, et Théophile descendit vers son tabouret avec grâce, comme ballon d'hélium qui se pose. L'atelier était de nouveau plongé dans l'obscurité la plus épaisse. Il y eut quelques instants de parfait silence, et on vit reparaître le mince rayon de lumière inactinique, qui n'avait pas cessé de briller mais que la lumière de la sphère verte avait un moment obscurci.

— Cessez de jouer, s'écria monsieur Arkandias. Cessez de jouer, pour l'amour du ciel !

L'affreuse petite musique se tut, et monsieur Arkandias ralluma les plafonniers en ajoutant :

— Hé bien ! Quel chambardement ! Je ne m'attendais tout de même pas à cela ! Mes grandes armoires n'ont plus de vitres ! Et regardez comme mes outils ont souffert !

Il fit quelques pas dans son atelier et ramassa un marteau à manche de cristal, puis un archet de violon.

— Nous avons même eu droit à une pluie d'Or Astral, reprit-il. Ce phénomène est pourtant rarissime ! Si j'avais eu sous la main un filet à mailles atomique, j'en recueillais quatre à cinq litres et je doublais ma fortune ! Hélas, on ne peut pas tout prévoir... Il alla remettre l'archet et le marteau à leur place. La tourmente verte avait balayé l'établi, qui était jonché de bris de verre.

— Quoi qu'il en soit, reprit-il, je tiens à vous féliciter pour votre talent et votre sang-froid, mon jeune ami ! Vous n'avez pas manqué une note, malgré le déluge qui s'est abattu sur vos épaules... C'est tout à fait remarquable...

Il se tourna vers Théophile, qui était toujours assis sur son tabouret, et ajouta :

— N'est-ce pas, que c'est remarquable ? Vous pouvez remercier votre ami, vous savez ! Sans lui, rien n'aurait été possible...

Théophile ne lui répondit pas. Il demeurait prostré sur son siège, le dos droit et les deux mains posées à plat sur les genoux, tel qu'il s'était élevé dans les airs un moment plus tôt.

Monsieur Arkandias s'approcha de lui :

— Est-ce que tout va bien, jeune homme ? Vous semblez un peu éprouvé...

Théophile le regarda d'un air doux et pensif, mais ne répondit pas davantage à cette apostrophe-ci qu'à la précédente. Il était ailleurs. Monsieur Arkandias lui prit les mains et les examina en demandant :

— La bague ! ? Où est la bague ? ! Vous devriez l'avoir au doigt !... Elle vous a échappée ?

Il se mit à quatre pattes et la chercha sous le tabouret. Cependant, Bonaventure s'était précipité vers son ami, et il le secouait par les épaules en lui criant dans l'oreille :

— Théophile, c'est moi ! Bonav' ! Est-ce que tu m'entends ?

Théophile demeurait muet. Mais en le voyant

ribouler des yeux et faire de petites grimaces avec sa bouche, Bonaventure fut prit de frayeur :

— Monsieur Arkandias ! Théophile n'a pas l'air bien... Il me regarde d'un air bizarre en souriant bêtement... C'est normal ?

— Mais oui, parfaitement ! Ce sont les séquelles du retour au plan vibratoire visible. Dans quelques jours, il n'y paraîtra plus. Aidez-moi donc à chercher cette bague, je vous prie. Elle a dû rouler sous un meuble.

Ils la cherchèrent un long moment. Théophile les regardait faire sans broncher ni cesser de sourire. À la fin, cette passivité bienveillante mit monsieur Arkandias en colère.

— Vous ne seriez pas en train de me jouer la comédie, par hasard ? demanda-t-il en se redressant. Faites voir vos poches, que je vérifie si la bague n'y est pas.

Comme Théophile ne bronchait pas, monsieur Arkandias le fit mettre debout et il lui retourna les poches. Bonaventure n'approuva pas ce procédé.

— Laissez-le donc tranquille ! Vous ne voyez pas qu'il est malade ?

— C'est un petit malin !... Et les petits malins, moi, je m'en méfie ! Conduisez-le donc dans mon appentis pour qu'il s'y déshabille ! Et rapportez-moi tous ses vêtements ! S'il croit qu'il peut duper Agénor Arkandias, il se trompe lourdement !

Bonaventure obtempéra à contrecœur. Il s'isola un moment avec Théophile, puis vint remettre au soupçonneux Hyperchimiste un paquet de vêtements que ce dernier fouilla minutieusement sans le moindre résultat.

— Alors ? fit Bonaventure en se penchant pour ramasser les effets épars sur le sol. Vous êtes convaincu ?

— Pas tout à fait, répondit monsieur Arkandias de sa voix métallique. Non, pas tout à fait...

Il mit le pied sur le tas de linge et ajouta :

— Laissez donc ces vêtements à leur place, et faites venir votre camarade. Je tiens à ce qu'il les ramasse lui même !...

— Mais c'est impossible, voyons !... Il est tout nu !...

— Justement ! Les gens nus ne peuvent rien cacher ! Amenez-le ici, en pleine lumière. Nous verrons bien s'il essaie de me gruger.

Un instant plus tard, Théophile s'avança dans l'atelier au bras de Bonaventure. Il était nu et marchait à petits pas hésitants, comme un vieillard qu'on mène à la table d'opération. Monsieur Arkandias le fit tourner dans la lumière opaline des néons et l'examina sous toutes les coutures. Force lui fut de constater que le jeune homme ne cachait pas la bague. Mais par mesure de précaution, il alla tout de même passer au peigne fin l'appentis où il s'était déshabillé. On entendit valser des tiroirs, puis dégringoler une étagère chargée de bibelots. Bonaventure, qui aidait Théophile à se rhabiller, haussa les épaules et murmura :

— Ça y est ! Il pique sa crise ! S'il croit que c'est en s'énervant qu'il obtiendra ce qu'il cherche...


Monsieur Arkandias reparut, le dos voûté et la mine déconfite.

— Je ne l'ai pas trouvée...chuchota-t-il piteusement. J'ai fouillé partout en vain... La bague a disparu !...

Il fit quelques pas dans la pièce, chancela en portant sa main à sa tempe et s'affala sur le tabouret. Bonaventure, qui avait bon cœur, se porta aussitôt à son secours.

— Allons, lui dit-il en lui passant un bras autour des épaules. Ne vous mettez pas dans un état pareil ! Vous en ferez une autre, de bague ! Une plus jolie... Je vous aiderai, si vous voulez. Je vous jouerai l'air de flûte...

— Vraiment ? demanda monsieur Arkandias en reprenant espoir. Vous feriez ça ?

— Mais oui, puisque je vous le dis.

— Vous êtes un noble cœur... C'est peut-être pour ça, au fond, que la musique Chimique est votre amie...

— Elle n'est pas mon amie, monsieur Arkandias. Mon ami, c'est Théophile. Et j'ai le cœur broyé de le voir dans un tel état... Vous n'auriez pas une médecine pour lui ? Une potion ? Un philtre ? Quelque chose qui puisse lui rendre sa raison ?

— Il n'a pas perdu la raison. Il est simplement frappé d'aphasie transitoire. Dans quelques jours, il aura recouvré tous ses moyens. N'ayez aucune inquiétude...

— On voit bien que ce n'est pas vous qui devrez le rendre à sa mère ce soir dans cet état...

— Restez ici quelques jours, si vous voulez. Le temps qu'il se rétablisse...

— Merci, mais c'est impossible ! S'il n'est pas chez lui à six heures, Marie appellera les gendarmes.

— Dans ce cas, je vais vous faire reconduire chez vous. Venez, il est temps de quitter ces lieux.

Ils remontèrent au château en devisant aimablement, comme deux vieux amis.

— C'est inexplicable, tout de même, que cette bague ait disparu, répétait monsieur Arkandias en gravissant les escaliers. L'Atalanta Fugiens indique que l'air *remet toutes chose dans leur ordre antérieur*... Logiquement, la bague aurait dû se rematérialiser au doigt de Théophile...

— Vous oubliez qu'il ne la portait plus à son doigt quand elle a disparu. Il l'avait quittée pour me la passer. Si l'air de musique Chimique a *remis les choses dans leur ordre antérieur,* comme vous dites, il est tout naturel que la bague ne soit pas reparue à son doigt. Elle a dû se rematérialiser quelque part dans l'air, et elle s'est perdue...

— Parfaitement raisonné ! Vous êtes un jeune homme très remarquable, décidément. Il faudra que je songe à faire appel à vous lorsque j'aurai besoin d'un conseil.

Monsieur Arkandias conduisit les deux jeunes gens au salon et il tira le cordon de soie qui commandait la cloche des communs. Un domestique parut. Il était de haute taille, avec de beaux cheveux blancs calamistrés et peignés en arrière. Il s'avança et demanda avec componction :

— Monsieur désire ?

— Hortulain, veuillez passer votre livrée de chauffeur et reconduire ces jeunes gens chez eux. Ayez soin de rouler prudemment. Ils ont eu leur comptant d'émotions fortes pour aujourd'hui..

— Dois-je prendre la Rolls, monsieur ?

— Mais naturellement. À moins que nos amis ne préfèrent rentrer en Buggati-Gandolf pour plus de discrétion ?

— La Rolls conviendra parfaitement, monsieur Arkandias, répondit Bonaventure. On ne va pas chipoter...

Comme Hortulain se retirait dans le vestibule pour changer de tenue, monsieur Arkandias s'approcha de Bonaventure et lui prit le bras en chuchotant :

## Un accident vibratoire

— Je ne manquerai pas de faire appel à vos talents de flûtiste un jour prochain, mon cher Bonappétit... Mais d'ici là, silence. Pas un mot de ce que vous avez pu voir ici... Je compte sur vous, hein ?

— Mon prénom est Bonaventure, monsieur. Pas Bonappétit. Je resterai discret, n'ayez crainte. Et je serai heureux de vous rendre service quand vous voudrez. Merci encore d'avoir guéri Théophile. Pour l'instant il n'est que l'ombre de lui-même. Mais cette ombre est bien visible, et c'est déjà un énorme progrès.

Comprenant qu'on parlait de lui, Théophile cligna des yeux et fit un effort pathétique pour prononcer quelques mots. Il crispa ses lèvres, pointa le menton et alla même jusqu'à tirer la langue. En vain ! Sa bouche semblait close pour l'éternité. Il haussa les épaules, et retomba dans le mutisme. Bonaventure était consterné.

— Quand sa mère le verra dans cet état, elle me jouera une drôle de musique ! Les airs chimiques, en comparaison, ce sera du Schumann.

Monsieur Arkandias mit son doigt sur ses lèvres.

— Évitez de parler de ces choses à haute voix ! Je tiens Hortulain dans une ignorance complète de mes travaux. Il me croit simple chimiste… Tenez ! Le voici qui revient.

Hortulain entra, en livrée bleu-nuit et bottes de cuir noir. Il fit quelques pas dans la pièce, ôta sa casquette de chauffeur et salua Théophile en lui disant :

— Si monsieur veut bien se donner la peine de me suivre, je conduirai monsieur à la Rolls.

Théophile le regarda d'un air égaré et tira de nouveau mollement la langue. Bonaventure s'interposa :

— Monsieur est souffrant ! Je m'occupe de le conduire. Nous vous suivons, Hortulain.

Le domestique escorta les deux jeunes gens jusqu'à la Rolls, et il leur ouvrit cérémonieusement la portière arrière. Bonaventure s'enfonça avec volupté dans les profonds fauteuils de cuir noir, cependant que Théophile, plus crispé, prenait place à côté de lui du bout des fesses. Hortulain n'eut qu'à effleurer une touche de nacre pour qu'un petit réfrigérateur s'ouvre devant les jeunes gens.

## Un accident vibratoire

— Ces messieurs n'ont qu'à prendre ce qu'ils désirent. Tout est frais.

La grande voiture noire manœuvra sans bruit sur l'esplanade avant de s'engager à faible vitesse dans l'allée qui menait aux grilles du parc. Bonaventure baissa sa glace afin de saluer monsieur Arkandias, qui regardait s'éloigner sa Rolls depuis le perron du château. Il remonta ensuite la grande glace fumée et se tourna vers Hortulain en disant :

— C'est fou ce que ça peut être silencieux, ces grosses voitures. On croirait que le moteur est éteint.

— Le moteur des Rolls Royce n'est pas un sujet de conversation convenable, monsieur, répliqua Hortulain du bout des lèvres. Les ingénieurs britanniques ont réglé ce problème une fois pour toutes, et on n'en parle jamais.

# 18
# Une clef sur le toit

*L*E trajet de retour fut des plus délicieux. La haute voiture noire roulait onctueusement sur les mauvaises routes de la campagne espagnetoise, sans jamais tressauter ni marquer le plus petit cahot. Bonaventure ne fut pas peu fier de remonter le boulevard Paul Cézanne dans un si prestigieux véhicule. Il demanda à Hortulain de s'arrêter un instant devant le cinéma Saint-Esprit, et il jeta un regard en direction de la station de taxi. Hélas, le chauffeur qui les avait pris en charge à l'allée n'était plus stationné sous les platanes. « Dommage, pensa Bonaventure. Il aurait été content de voir la voiture. Ça l'aurait un peu dédommagé de ses cent francs... ». Il resta un moment pensif, à regarder le mouvement de la rue par sa vitre mi-baissée.

— Dois-je patienter davantage, monsieur ? demanda Hortulain en jetant un coup d'œil inquiet dans ses rétroviseurs. Nous sommes garés en double file...

— Allez-y, Hortulain. Démarrez... Vous prendrez la première à droite. J'aimerais rentrer par la rue Fontaine-Saint-Martin, si ça ne vous ennuie pas.

Comme la grande voiture noire s'engageait dans l'étroite rue Fontaine Saint Martin, Bonaventure se pencha vers le chauffeur et demanda, un peu gêné :

— Dites, Hortulain. Pourriez-vous me prêter cent francs ?

— Mais certainement, monsieur. Les voici.

— Merci. Je vous les rendrai la prochaine fois que nous nous verrons.

— Ce ne sera pas nécessaire, monsieur. J'ai ordre de vous être agréable...

— Dans ce cas, je vous demanderai de bien vouloir vous arrêter une minute devant l'épicerie que vous voyez là-bas. Celle qui a la devanture bleue et rouge.

— L'épicerie Lavigne ? C'est comme si nous y étions, monsieur.

La Rolls vint s'immobiliser devant la vitrine de la petite boutique.

— Dois-je descendre ouvrir à monsieur ? demanda Hortulain.

— Non, Hortulain. Donnez simplement deux coups de klaxon.

Hortulain fit sonner deux fois la corne, et monsieur Lavigne parut, gras et rouge, en blouse de nylon blanc. Il s'avança sur le trottoir, et à la vue du prestigieux véhicule il marqua les signes du plus complet ahurissement. Avec ses vitres fumées rigoureusement closes, la grande voiture noire était plus impénétrable qu'un catafalque. Le malheureux épicier colla le nez au pare-brise et mit ses mains en visière sur son front pour essayer de percer du regard l'écran de verre obscurci, mais en vain. Hortulain eut un léger mouvement de recul en voyant la figure rougeaude de l'épicier paraître devant lui.

— Monsieur est-il un ami de monsieur ? demanda-t-il en se tournant vers Bonaventure.

— Pas précisément. Mais nous sommes en comptes, lui et moi.

Lavigne entreprit de faire le tour de la Rolls, ce qui prit un certain temps. Au moment où il passait près de la vitre arrière, Bonaventure y frappa pour attirer son attention. L'épicier s'avança, et de nouveau il colla sa grosse face contre la glace fumée.

— C'est plus fort que lui, chuchota Bonaventure. Dès qu'il voit une vitre, il faut qu'il s'y colle !

— Il partage ce goût avec le grand poulpe de l'aquarium de Monaco, monsieur. Mais le poulpe, lui, est gracieux…

— Vous avez la dent dure, Hortulain.

— J'ai choqué monsieur ? Que monsieur me pardonne.

— Vous ne m'avez pas choqué du tout. Vous m'amusez, au contraire. Cessez donc de me donner du « monsieur ». Appelez-moi Bonaventure. Un homme de votre âge qui appelle un enfant « monsieur », je trouve ça triste à mourir…

— Je ferai mon possible, monsieur Bonaventure.

Bonaventure pressa un bouton de nacre incrusté dans la poignée de cuir de la portière et la vitre descendit lentement. Lavigne recula d'un pas et, reconnaissant Bonaventure, il écarquilla ses gros yeux bleus.

— Tenez, fit Bonaventure en lui tendant le billet de cent francs. Pour vos œufs...

Il remonta sa glace, et la Rolls s'en fut.

Hortulain déposa les deux jeunes gens devant la bibliothèque et prit congé d'eux fort amicalement. Théophile, qui n'avait pas bronché de tout le voyage, lui tendit la main. Bonaventure en fut transporté de joie :

— Il a compris qu'on se séparait ! Il va mieux ! C'est magnifique, n'est-ce pas Hortulain ?

— Oui monsieur. Magnifique, en effet. Je souhaite au jeune Théophile un prompt et complet rétablissement. À bientôt, messieurs. Portez-vous bien.

La grande voiture noire s'éloigna sur le boulevard Paul Cézanne, et Bonaventure prit le bras de son ami pour le conduire jusqu'à l'endroit où il avait laissé son vélo.

— Mon pauvre vieux, murmura-t-il, tu es dans un sale état ! Enfin, mieux vaut être muet qu'invisible. C'est moins traumatisant pour la famille. Si tu avais pu voir la bille de Lavigne quand je lui ai tendu les cents francs ! Ah non, vraiment, c'était savoureux !...

Théophile répliqua par un sourire, puis il cracha quelque chose dans sa main et ajouta d'une voix claire et parfaitement articulée :

— Je l'ai vue, la bille de Lavigne ! J'étais muet, pas aveugle !

Bonaventure le regarda avec stupéfaction et s'exclama :

— Mais tu parles ! Tu n'es plus muet, ma parole! C'est le miracle, Théo ! Viens que je t'embrasse !...

Il prit son ami dans ses bras et le serra sur son cœur avec des transports de joie. Il était si ému qu'il dut s'asseoir un instant sur le bord du trottoir. Il tira de sa poche un mouchoir en papier et s'essuya les yeux en disant :

— De tout le trajet tu n'as pas pipé mot, et à peine sur le trottoir tu parles ! Que s'est-il donc passé ?

— Il s'est passé que depuis deux heures j'avais ça dans la bouche, répliqua Théophile en ouvrant sa main. Et qu'on ne parle pas la bouche pleine.

Dans sa main ouverte, la bague humide de salive brillait de tous ses feux. Bonaventure se leva d'un bond et désigna le bijou en bredouillant :
— Tu... Tu l'avais dans la bouche ! Tu nous as laissé fouiller l'atelier, monsieur Arkandias et moi, alors que tu avais cette foutue bague dans la bouche ! Tu as fait ça ? !
— Bien sûr que je l'ai fait ! Il fallait bien ! Avec tous ces contretemps, on n'avait même pas eu le temps d'en profiter...
— J'étais fou de chagrin à cause de toi ! Je pensais que jamais tu ne redeviendrais normal ! Et toi, pendant ce temps, tu me jouais la comédie !
— Pardonne-moi, Bonav' ! C'était la seule façon de récupérer le bijou. Essaie de comprendre...
— Mais je m'en fous, moi, du bijou ! Il nous a suffisamment emmerdés comme ça ! Tiens regarde ce que j'en fais, de ta pacotille !

Il attrapa la bague et la lança vers le toit de la bibliothèque. On entendit un petit choc sur les tuiles, et la bague roula dans le chéneau. Théophile était consterné.

— C'est malin ! Comment on va faire pour la récupérer maintenant ?

— On ne va pas la récupérer, justement. On va la laisser là-haut. À la première pluie, elle roulera dans la gouttière et partira avec les eaux de ruissellement. C'est mieux pour elle, et pour nous.

— Et ta mère ? Elle dira quoi, ta mère, en s'apercevant que sa bague a disparu ?

— Elle ne dira rien. Elle giflera ma sœur, et l'affaire sera classée.

Théophile regarda le toit et haussa les épaules en concluant :

— Après tout tu as raison. Tope-là, Bonav' ! Et oublions tout ça.

Ils se touchèrent la main de trois façons, selon leur habitude.

Comme Bonaventure se penchait vers son vélo pour le décadenasser, Théophile s'écria tout à coup :

— Mon vélo ! Il est resté au collège ! Il faut absolument que je le récupère ! Ma mère ne comprendrait pas que je rentre à pied. Quelle heure as-tu ?

## Une clef sur le toit

— Dix-sept heures quarante-quatre. Le collège ferme dans six minutes ! En courant vite, tu as tes chances...

— Je me dépêche ! Salut Bonav' ! À demain...

Il s'élança au pas de gymnastique vers la montée de la Ronce.

Bonaventure s'agenouilla près de sa bicyclette et fit mine d'ouvrir son antivol. Mais aussitôt que Théophile eut tourné le coin de la rue, il se redressa, éclata de rire et ouvrit sa main : la bague y brillait de tout son éclat.

— Qu'est-ce qu'il croit ? chuchota-t-il en contemplant le petit diamant orange qui jetait ses feux au soleil du soir. Moi aussi je sais jouer la comédie...

Il mit la bague dans sa poche, traversa le jardin et entra dans la bibliothèque.

— Madame Benedetti, lança-t-il sur un ton badin, j'ai malencontreusement jeté la clef de mon antivol sur le toit de la bibliothèque. Pourriez-vous m'aider à la récupérer ?

## Table des Matières

1. Une visite à la bibliothèque — 3
2. L'inconnu aux ongles noirs — 33
3. Quatre gouttes de mercure liquide — 77
4. Un œuf punais — 89
5. Un dé à coudre de sang de poule noire — 111
6. Un peu de soufre, du salpêtre et une trompette des morts — 131
7. La flamme verte — 161
8. Un petit diamant orange — 181
9. L'avertissement de monsieur Arkandias — 197
10. Le retour de la flamme verte — 215
11. Un moment de solitude — 225
12. Le colis de monsieur Arkandias — 239
13. Une poignée de sable dans les yeux — 251
14. Six, rue Basile Valentin — 259
15. Atalanta Fugiens — 271
16. L'atelier souterrain — 287
17. Un accident vibratoire — 301
18. Une clef sur le toit — 319